THE DAY IT SN❄WED TORTILLAS
EL DÍA QUE NEVARON TORTILLAS

FOLKTALES TOLD IN
SPANISH AND ENGLISH BY
JOE HAYES

ILLUSTRATIONS BY ANTONIO CASTRO L.

THE DAY IT SNOWED TORTILLAS

EL DÍA QUE NEVARON TORTILLAS

**FOLKTALES TOLD IN
SPANISH AND ENGLISH BY**

JOE HAYES

ILLUSTRATIONS BY ANTONIO CASTRO L.

CINCO PUNTOS PRESS
www.cincopuntos.com

The Day It Snowed Tortillas / El día que nevaron tortillas
Copyright © 2003 by Joe Hayes
Illustrations copyright © 2003 by Antonio Castro L.
Translation by Joe Hayes copyright © 2003

Printed in Stevens Point, WI, U.S.A.

First Edition
13 14 WOR   13 12 11 10

Library of Congress Cataloging-in-Publication Data

Hayes, Joe.
  The day it snowed tortillas = El día que nevaron tortillas : a classic from the
American southwest / by Joe Hayes ; illustrated by Antonio Castro L.—1st ed.
      p. cm.
Summary: A collection of classic tales from New Mexico, including "Pedro and
Diablo," "La Hormiguita," "La Llorona," and "Juan Camisón," in both Spanish
and English.
  ISBN 10: 0-938317-76-8; ISBN 13: 978-0-938317-76-0
  1. Tales--New Mexico. [1. Folklore--New Mexico. 2. Spanish language
materials--Bilingual.] I. Title: El día que nevaron tortillas. II. Castro Lopez,
Antonio, ill. III. Title.
  PZ8.1.H323Day 2003
  398.2'09789--dc21
                                  2003004426

The Day It Snowed Tortillas was originally published in 1982 in English by
Mariposa Publishing of Santa Fe, New Mexico.

Many thanks to Joe Mowrey of Mariposa Publishing for his friendship and
support, and to Spanish editors Luis Humberto Crosthwaite and Francine
Cronshaw.

BOOK AND COVER DESIGN BY ANTONIO CASTRO H.

CONTENTS

FOR KATHLEEN AND ADAM

THE DAY IT SNOWED TORTILLAS
EL DÍA QUE NEVARON TORTILLAS

Here is a story about a poor woodcutter. He was very good at his work. He could swing his ax powerfully and cut down big trees. He would split them up into firewood to sell in the village. He made a good living.

But the poor man was not well educated. He couldn't read or write. He wasn't very bright either. He was always doing foolish things and getting himself into trouble. But he was lucky. He had a very clever wife, and she would get him out of the trouble his foolishness got him into.

Éste era un pobre leñador. Era muy bueno para trabajar. Manejaba el hacha con fuerza y habilidad para derribar árboles grandes. Los rajaba y los hacía leña que vendía en el pueblo. Se ganaba bien la vida.

Pero el pobre hombre no tenía escuela. No sabía leer ni escribir. Tampoco era muy inteligente. Siempre andaba haciendo tonterías que lo metían en apuros. Pero tenía la buena suerte de tener una esposa muy lista. Ella siempre sabía cómo sacarlo de los líos en que sus bobadas lo metían.

One day he worked far off in the mountains, and when he started home at the end of the day, he saw three leather bags by the side of the trail. He picked up the first bag and discovered that it was full of gold coins! He looked into the second. It was full of gold too. And so was the third.

He loaded the bags onto his donkey and took them home to show to his wife. She was aghast. "Don't tell anyone you found this gold!" she warned him. "It must belong to some robbers who have hidden it out in the mountains. If they find out we have it, they'll kill us to get it back!" But then she thought, *My husband can never keep a secret. What shall I do?*

She came up with a plan. She told her husband, "Before you do anything else, go into the village and get me a sack of flour. I need a big sack. Bring me a hundred pounds of flour."

The man went off to the village grumbling to himself, "All day I worked in the mountains, and now I have to drag home a hundred pounds of flour. I'm tired of all this work." But he bought the flour and brought it home to his wife.

"Thank you," she told him. "You've been working awfully hard. Why don't you go lie down for a while?"

He liked that idea. He lay down on the bed and fell fast asleep. As soon as he began to snore, his wife went to work. She began to make tortillas. She made batch after batch of tortillas. She made them until the stack reached clear up to the ceiling in the kitchen. She turned that whole hundred pounds of flour into tortillas. Then she took them outside and threw them all over the ground.

❄ Un día fue a trabajar allá lejos en la sierra y cuando regresaba a casa al final del día vio tres talegones de cuero al lado de la vereda. Fue y agarró el primer talegón y vio que estaba lleno de monedas de oro. Abrió el segundo y también estaba lleno de oro. Y el tercero también.

Amarró los tres talegones en su burro y los llevó a casa para mostrárselos a su esposa. Ella se quedó pasmada. Le dijo: —No digas a nadie que encontraste este oro. Será de unos ladrones. Lo habrán escondido en la sierra. Si se enteran de que nosotros lo tenemos, nos pueden matar para recuperarlo. —Pero luego pensó "este marido mío nunca puede guardar un secreto. ¿Qué puedo hacer?"

Se le ocurrió una idea. Le dijo a su marido: —Antes que hagas ninguna otra cosa quiero que vayas al pueblo y compres un saco de harina. Me hace falta mucha harina. Tráeme cien libras de harina.

El hombre se fue al pueblo refunfuñando: —Pasé todo el día trabajando en la sierra y ahora quieren que cargue con cien libras de harina. Estoy harto de trabajar tanto. —Pero compró la harina y se la entregó a su esposa.

—Gracias —le dijo su mujer—. Pero ya has trabajado mucho. ¿Por qué no te acuestas a descansar un poco?

Esa idea sí le cayó bien. Se echó en la cama y se durmió enseguida. Tan pronto oyó roncar a su marido, la mujer entró en acción. Comenzó a hacer tortillas. Hizo más y más tortillas. Las hizo hasta que el montón de tortillas llegaba al techo de la cocina. Convirtió las cien libras de harina en tortillas. Luego las llevó afuera y las desparramó en la tierra.

The woodcutter was so tired he slept all that evening and on through the night. He didn't wake up until morning. When he awoke, he stepped outside and saw that the ground was covered with tortillas. He called to his wife. "What's the meaning of this?" he asked.

His wife joined him at the door. "Oh, my goodness!" she said. "It must have snowed tortillas last night!"

"Snowed tortillas? I've never heard of such a thing."

"What? You've never heard of it snowing tortillas? Well! You're not very well educated. You'd better go to school and learn something."

She packed him a lunch and dressed him up in his Sunday suit and made him go off to school.

He didn't know how to read or write, so they put him in the first grade. He had to squeeze into one of the little chairs the children sat in. The teacher asked questions and the children raised their hands enthusiastically. He didn't know the answers to any of those questions. He grew more and more embarrassed.

Finally, he couldn't stand it any longer. He stomped out of the school and hurried home. He picked up his ax and said to his wife, "I've had enough education. I'm going to go cut firewood."

"Fine," she called after him. "You go do your work."

About a week later, just as the woman had suspected, the robbers showed up at the house one day. "Where's that gold your husband found?" they demanded.

The wife acted innocent. "Gold?" she said and shook her head. "I don't know anything about any gold."

El leñador estaba tan cansado que pasó durmiendo toda la tarde y la noche. No se despertó hasta la mañana. Cuando se despertó, miró afuera y vio que la tierra estaba cubierta de tortillas. Llamó a su esposa y le preguntó: —¿Qué es esto?

Su mujer salió también—. ¡Ay, Dios mío! —dijo—. Parece que nevaron tortillas anoche.

—¿Que nevaron tortillas? Yo nunca he oído hablar de tal cosa.

—¿Cómo? ¿Que tú no sabes que pueden nevar tortillas? ¡Vaya! Eres muy ignorante. Vale más que vayas a la escuela para aprender un poco.

Y le preparó un almuerzo, lo hizo vestirse en su traje de domingo y lo mandó a la escuela.

Como el hombre no sabía leer ni escribir, lo mandaron al primer grado. Tenía que acomodarse un una de las sillas pequeñas que usaban los chiquillos. La maestra hacía preguntas y los niños levantaban la mano entusiasmados. Él no pudo contestar ninguna pregunta. Le daba cada vez más vergüenza.

Al fin no podía más. Salió de la escuela a trancadas y corrió a casa. Agarró el hacha.

—Ya estoy harto de la escuela —le dijo a su mujer—. Voy a cortar leña.

—Está bien —le dijo ella—. Anda a hacer tu trabajo.

A eso de una semana más tarde, así cómo había temido la mujer, los ladrónes vinieron a la casa del leñador. Le dijeron a la mujer: —¿Dónde está el oro que halló tu marido?

La mujer se hizo la desentendida. Movió la cabeza y dijo: —¿Qué oro? Yo no sé nada de oro.

"Come on!" the robbers said. "Your husband's been telling everyone in the village he found three sacks of gold. They belong to us. You'd better give them back."

She looked disgusted. "Did my husband say that? Oh, that man! He says the strangest things! I don't know anything about your gold."

"We'll find out," the robbers said. "We'll wait here until he comes home." And they stayed around the house all day long—sharpening their knives and cleaning their pistols.

Toward evening the woodcutter came up the trail with his donkey. The robbers ran out and grabbed him roughly and demanded, "Where's that gold you found?"

The woodcutter scratched his head. "Gold?" he mumbled. "Oh, yes, now I remember. My wife hid it." He called out, "Wife, what did you do with that gold?"

His wife sounded puzzled. "I don't know what you're talking about. I don't know anything about any gold."

"Sure you do. Don't you remember? It was just the day before it snowed tortillas. I came home with three bags of gold. And in the morning you sent me to school."

The robbers looked at one another. "Did he say it snowed tortillas?" they whispered. "And that his wife makes him go to school?" They shook their heads in dismay. "Why did we waste our time with this numbskull? He's out of his head!"

And the robbers went away thinking the woodcutter was crazy and that everything he said was nonsense.

From that day on, it didn't really matter whether the man was well educated or clever. It didn't even matter if he was a good woodcutter. He was a rich man! He and his wife had three sacks of gold all to themselves. And the robbers never came back.

❄️ —Vamos —dijeron los ladrones—. Tu marido ha dicho a todo el mundo en el pueblo que halló tres talegones de oro. Son de nosotros. Más te conviene devolvérnoslos.

La mujer se mostró molesta: —¿Mi marido dijo eso? ¡Ay, qué hombre! Siempre anda diciendo locuras. Pues, yo no sé nada de su oro.

—Vamos a ver —dijeron—. Aquí nos quedamos hasta que vuelva. —Y los ladrones pasaron todo el día en la case, afilando las navajas y limpiando las pistolas.

Al atardecer vieron venir al leñador con su burro. Salieron y lo agarraron con fuerza. Le gritaron: —¿Dónde está el oro que hallaste?

El leñador se rascó la cabeza: —¿Oro? —musitó—. Ah, sí, ahora me acuerdo. Mi mujer lo escondió. Llamó: —Mujer, ¿qué hiciste con el oro?

Su esposa respondió perpleja: —¿Qué oro? No entiendo qué quieres decir. Yo no sé nada de ningún oro.

—Seguro que sabes. ¿No te acuerdas? Fue el día antes de que nevaron tortillas. Vine a casa con tres talegones de oro. Y luego en la mañana tú me hiciste ir a la escuela.

Los ladrones se miraron los unos a los otros diciendo: —¿Dice aquél que nevaron tortillas? ¿Y que su mujer lo hace ir a la escuela? —Movieron la cabeza desconcertados—. ¿Por qué perdimos tiempo hablando con este bruto? ¡Está loco!

Los ladrones se fueron pensando que el leñador estaba loco y que sólo decía un montón de tonterías.

A partir de aquel día, en realidad no importaba que el hombre fuera listo o bien educado. Tampoco importaba que fuera buen leñador. ¡Era rico! Él y su mujer ya tenían tres talegones de oro. Y los ladrones nunca más volvieron.

PEDRO AND DIABLO
PEDRO Y EL DIABLO

◆◇◆◇◆◇◆◇◆◇◆◇◆◇◆

Once in a small mountain village there lived two men who were good friends. The one man's name was Pedro. The other: well, no one seems to remember his name. You see, no one ever called him by his name. Instead, they used his nickname. Back when he was only seven or eight years old, everyone had started calling him *El Diablo*—The Devil—because he was so mischievous.

◆◇◆◇◆◇◆

Una vez en un pueblito de la sierra vivían dos hombres muy amigos. Uno se llamaba Pedro. ¿El otro? Bueno, parece que nadie se acuerda ya de su nombre, pues no lo llamaban por nombre, sino por el apodo que le habían puesto. Cuando apenas tenía siete u ocho años todo el mundo empezó a llamarlo "el Diablo" porque era muy travieso.

In school, if there was some prank being played on the teacher, you could bet that El Diablo thought the whole thing up. He would get all the other boys involved, and they'd all get caught and get in trouble—except El Diablo. He could always get away with it. So most of the boys learned to stay away from El Diablo. But not his good friend Pedro.

All the way through the grades and on up through high school El Diablo kept dragging his friend Pedro into trouble. And even when they were grown men and should have known better, it was still happening. El Diablo was leading Pedro astray.

For example, there was the time that El Diablo said to his friend, "Pedro, have you noticed the apples on Old Man Martinez' tree? They look wonderful. Let's go steal some tonight. It will be dark. No one will see us."

Pedro said, "Oh, no! Old Man Martinez has that big dog. He'll bite my leg off!"

But El Diablo told him, "Don't worry about that dog. He keeps him inside at night. Come on. Let's get some apples." And he talked his friend into it.

That night the two friends got a big gunny sack and went to Old Man Martinez' house. Sure enough, the dog was inside. They crept into the yard and started picking apples from the tree. They filled a big gunny sack with apples, then slipped back out onto the road.

Pedro whispered, "We'll have to find some place to divide these apples up."

Of course El Diablo had a great idea. "Let's go to the *camposanto*," he said. "Nobody will bother us in the graveyard."

❄️ En la escuela, si los muchachos le hacían una travesura a la maestra, lo más seguro es que era el Diablo a quien se lo ocurrió. Metía a todos los muchachos en el juego, y luego cuando los pescaban todos se encontraban en apuros, menos el Diablo. Éste siempre sabía la manera de salir sin castigo. Así que los otros muchachos dejaron de frecuentar al Diablo. Pero no su gran amigo Pedro.

En todos los grados primarios y los de la secundaria también el Diablo metía a su amigo en líos. Hasta cuando eran hombres y ya deberían haberse reformado, seguía la misma cosa. El Diablo llevaba a Pedro a los malos caminos.

Por ejemplo, una vez el Diablo le dijo a su amigo: —Oye, Pedro, ¿has visto las manzanas que tiene el viejo Martínez en el árbol de su patio? Son de maravilla. ¿Por qué no robamos algunas esta noche? Estará obscuro. Nadie nos va a ver.

Pedro le dijo: —Oh, no. El viejo Martínez tiene ese perro grandote. Me va a mochar la pierna de una mordida.

Pero el Diablo le dijo: —No te preocupes del perro. Lo tiene en la casa por la noche. Vamos. Agarremos unas manzanas. —Y convenció a su amigo.

Aquella noche los dos amigos tomaron un costal grande y fueron a la casa del viejo Martínez. El perro sí estaba dentro. Deslizaron dentro del patio y se pusieron a pizcar manzanas. Llenaron el costal de manzanas y luego salieron sin ruido al camino.

Pedro susurró: —Hay que encontrar dónde repartir estas manzanas.

Por supuesto que el Diablo tenía la solución: —Vamos al camposanto —dijo—. Nadie nos va a molestar en el cementerio.

So they went down the road until they came to the cemetery. They went in through the gate and walked along the low adobe wall that surrounded the graveyard until they found a dark, shadowy place right next to the wall.

They sat down and dumped out the apples and started to divide them into two piles. As they divided the apples, they whispered, "One for Pedro...one for Diablo. One for Pedro...one for Diablo...," making two piles of apples.

Now, it just so happened that a couple of men from the village had been out living it up that night—dancing and celebrating and drinking a little too much. In fact, they had so much to drink that they couldn't make it home. They had fallen asleep leaning against that wall right over from where Pedro and El Diablo were dividing up the apples. The one man was a big, round, fat fellow. The other was old and thin, with a face that was dry and withered looking.

A few minutes later, the old man woke up. From the other side of the wall, over in the graveyard, he heard a voice saying, "One for Pedro...one for Diablo. One for Pedro...one for Diablo...."

The poor man's eyes opened wide. "¡Ay, Dios mío!" he gasped. "Saint Peter and the Devil are dividing up the dead souls in the *camposanto!*"

He woke his friend up and the two men sat there staring, their mouths gaping, too frightened to speak. The voice went on: "One for Pedro...one for Diablo...one for Pedro...one for Diablo...." until finally Pedro and El Diablo got to the bottom of the pile of apples.

Se fueron por el camino hasta llegar al cementerio. Entraron por la puerta y siguieron la tapia baja de adobe que cercaba el camposanto hasta encontrar un lugar muy oscuro junto a la pared.

Se sentaron y echaron las manzanas en la tierra y se pusieron a separarlas en dos montoncitos. Mientras repartían las manzanas decían en voz baja: —Una para Pedro...una para el Diablo. Una para Pedro...una para el Diablo.... —Así fueron haciendo las dos pilas de manzanas.

Bueno, tocó la casualidad de que un par de hombres del pueblo habían hecho parranda esa noche, bailando y festejando y tomando un poco demás. A decir la verdad, habían tomado tanto que no podían llegar a casa. Se habían dormido recostados contra la pared al lado opuesto de donde Pedro y el Diablo repartían las manzanas. Uno de los borrachos era un tipo grande y gordo. El otro era viejo y flaco, con la cara muy arrugada.

Al cabo de unos minutos, el viejo se despertó. Desde el otro lado de la pared, allá en el cementario, oyó una voz que decía: —Una para Pedro...una para el Diablo. Una para Pedro...una para el Diablo....

Al pobrecito se le salieron los ojos—. ¡Ay, Dios mío! — boqueó—. San Pedro y el diablo están repartiendo las almas muertas en el camposanto.

Despertó a su amigo y los dos se quedaron ahí pasmados, mirándose boquiabiertos sin poder hablar. Y la voz seguía diciendo: —Una para Pedro...una para el Diablo. Una para Pedro...una para el Diablo.... —hasta que Pedro y el Diablo habían repartido todas las manzanas.

Then the two men heard El Diablo's voice say, "Well, Pedro, that's all of them."

But Pedro happened to notice two apples that had rolled away from the rest, over by the wall. One was a nice, round, fat apple. The other wasn't so good. It was sort of withered up.

They heard Pedro say, "No, Diablo, there are still two more. Don't you see those two right next to the wall—the big fat one and the withered-up one?"

The hair stood up on the back of those men's necks! They thought they were the ones being talked about. They listened for what would be said next, and they heard El Diablo say, "Well, Pedro, you can take the fat one. I'll take the withered-up one."

Then they heard Pedro say, "No, Diablo. Neither one is any good. You can take them both!"

When the two men heard that, they thought the Devil would be coming over the wall any minute to get them. They sobered up in a hurry, jumped to their feet and ran home as fast as they could. They slammed their doors and locked them tight!

And they say that from that day on, those two men stayed home every night. And they never touched another drop of whiskey for the rest of their lives!

Luego los dos hombres oyeron al Diablo decir: —Bueno, Pedro, ya están todas.

Pero sucedió que Pedro notó dos manzanas que habían rodado hasta la pared. Una era bien gorda y redonda. La otra no era tan buena, pues era muy arrugada.

Oyeron a Pedro decir: —No, Diablo, todavía quedan dos que no estaban aquí con las demás. Ahí junto a la pared hay una muy gorda y otra bien reseca y arrugada.

A los hombres se les paró el pelo de la nuca. Creían que las almas de que hablaron eran las suyas. Escucharon atentos y oyeron que el Diablo dijo: —Bueno, Pedro, tú te llevas la gorda, y yo me quedo con la arrugada.

Y luego oyeron decir a Pedro: —No, Diablo, ni la una ni la otra está buena. Quédate con las dos.

Cuando los borrachos oyeron eso, pensaron que el diablo iba a brincar la tapia en cualquier momento para agarrar sus almas. Pronto se les bajó la borrachera. Se levantaron de un salto y se fueron corriendo a casa a toda carrera. Cerraron la puerta de golpe y la atrancaron.

Y se cuenta que a partir de aquella noche esos dos hombres se quedaron en sus casas todas las noches. Y nunca más en la vida tomaron ni una sola gota de whisky.

GOOD ADVICE
BUENOS CONSEJOS

ᗐᖋᗐᖋᗐᖋᗐᖋᗐᖋᗐᖋᗐᖋ

This is the story of a man and wife who had just one son. He was a good boy, both likeable and hardworking, but sometimes a little slow to learn.

One day the parents told the boy he would have to go look for work and bring some money into the family, as they were very poor. So the boy set out and soon came to a ranch and began to work there. At the end of the first month, the rancher paid the boy one silver coin, and the boy started for home to give the money to his parents.

ᗐᖋᗐᖋ

Éstos eran un hombre y una mujer que tenían un solo hijo. Era buen muchacho, amable y aplicado, pero a veces un poco lento para aprender.

Un día los padres le dijeron al hijo que tenía que dejar la casa para buscar trabajo y traer dinero a la familia, porque eran muy pobres. El muchacho se fue y a poco de caminar llegó a un rancho y se puso a trabajar allí. Al final del primer mes el ranchero le pagó una moneda de plata al muchacho, y este se encaminó para regresar a casa y darles el dinero a sus padres.

On the way, the boy met an old, old man with a long grey beard. *"Buenas tardes,"* the boy greeted him. "What are you doing here on the road?"

The man told him, "I'm selling advice." And he told the boy that for one silver coin he would sell him some advice of great value.

The boy handed him the coin and the old man whispered in his ear:

Dondequiera que fueras, haz lo que vieras.

Wherever you may go, do as you see others do.

The boy walked on home repeating that advice over and over to himself. When he got home and his parents learned that he had spent all his wages on one piece of advice, they scolded him sharply and told him to go back to work.

The boy returned to the ranch and worked another month. He received his silver coin and started for home. Again he met the old man, who said he had a second bit of advice that was even more valuable than the first.

The boy paid him and received these words:

Hombre casado, tenga cuidado.

A married man should be on his guard.

The boy walked on home repeating the rhyme to himself. When he arrived home, his parents were furious. "Foolish boy!" they shouted. "We're depending on you to help us with the money you make, and you waste it on advice. Here's some better advice: Go back to work and don't come home until you have some money to offer!"

En el camino, el muchacho se encontró con un anciano de larga barba gris. El muchacho lo saludó: —Buenas tardes. ¿Qué anda usted haciendo aquí en el camino?

El viejo le dijo: —Vendo consejos. —Y le dijo al muchacho que por una moneda de plata le daría un consejo muy valioso.

Así que el muchacho le puso la moneda en la mano, y el viejo le susurró a la oreja:

Dondequiera que fueras,

haz lo que vieras.

El muchacho siguió caminando a casa repitiéndose el consejo una y otra vez. Cuando llegó a casa y sus padres supieron que había gastado todo el dinero por un consejo, lo regañaron severamente y lo mandaron volver a trabajar.

El muchacho regresó al rancho y trabajó otro mes. Recibió su moneda de plata y se encaminó a casa. Otra vez se encontró con el viejito que le dijo que tenía un segundo consejo aún más valioso que el primero.

El muchacho le pagó la moneda y recibió estas palabras:

Hombre casado,

tenga cuidado.

El muchacho siguió su camino repitiendo el verso. Cuando llegó a casa sus padres se pusieron furiosos.

—¡Muchacho bruto! —le gritaron—. Contamos contigo para ayudarnos con el dinero que ganas y tú lo despilfarras en consejos. Pues, te tenemos otro consejo: vete a trabajar y no vuelvas a casa sin dinero.

They chased the boy from the house, and he returned to the ranch. You can guess what happened at the end of the month. Again he met the old man on the road. But this time he hesitated. He explained to the old man, "If I spend this money, I can't go home."

"What is money?" asked the old one. "Money comes and it goes. Good advice will last you all your life."

The boy paid his coin to the old man again. In return, the old man told him:

> Aunque pobre, eres sano.
> Trabaja con la mano.
> If you're a poor but healthy man,
> earn your living with your hands.

With that, the old man disappeared. The boy thought, *Now I can never go home. If I do, they'll chase me off again. I'll go into the world and seek my fortune.* And he set out for foreign lands.

After traveling a long time he came to a city built around a great castle. The boy made his way to the castle gate, and there he saw a troop of soldiers marching back and forth with rifles on their shoulders.

Suddenly the boy remembered the first bit of advice he had bought. "I must do what I see being done," he said to himself.

He had no rifle so he picked up a broom that he saw leaning against a nearby wall and fell in with the soldiers.

Now, it just so happened that the princess was looking out from her window at that moment, and there is something you must know about her: she was very sad. Indeed, she hadn't laughed in years.

Echaron al hijo de la casa y el muchacho regresó al rancho. Habrás adivinado lo que sucedió al terminar el mes. Otra vez el muchacho se encontró con el viejito en el camino. Pero esta vez vaciló. Le explicó al viejo: —Si le doy esta moneda, no puedo volver a casa.

—¿Qué importa el dinero? —le dijo el anciano—. El dinero viene y se va. Los buenos consejos duran por toda la vida.

El muchacho le dio su moneda. A cambio recibió estas palabras:

Aunque pobre, eres sano.
Trabaja con la mano.

Con eso, el viejito se perdió de vista. El muchacho pensó "ya no puedo volver a casa. Si lo hago, me van a echar. Voy a correr mundo para buscar suerte". Y se dirigió hacia tierras desconocidas.

Después de caminar durante mucho tiempo llegó a una ciudad ubicada alrededor de un castillo. El muchacho siguió hasta el portón del castillo y allí vio una fila de soldados que marchaban de arriba para abajo con rifles al hombro.

De repente el muchacho se acordó del primer consejo que había comprado. Se dijo:

—Debo hacer lo que veo hacer los demás.

Como no tenía rifle tomó una escoba que vio recargada contra una pared y se puso a marchar con los soldados.

Tocó la casualidad de que en ese momento la princesa miraba por la ventana, y hay que saber algo de ella: estaba muy triste. Efectivamente, no había reído desde hace años.

The princess had been sad for so long that her father, the king, had declared that any man who could make her laugh could marry her!

When the princess saw that boy take up a broom and march along with the soldiers, she burst forth in peals of laughter. The boy was immediately brought into the castle to be married to the princess.

But there is something more you must know. The reason for the princess' sadness was that she had been married a hundred times, but each of her husbands had disappeared on their wedding night, never to be seen again. It was whispered that some horrible monster had eaten them!

The boy was married to the princess, and after the marvelous wedding feast, they went up to her chambers. The princess lay down on the bed, but the boy remembered the second piece of advice and said to himself, "I'm a married man now. I'd better be careful." He made up his mind to stay awake all night and be on his guard.

Just at midnight he was beginning to doze off when he heard a slithering and hissing sound. He opened his eyes, and there, not two feet from his face, was the gaping mouth of a great serpent! Its eyes were bright yellow and its long red tongue flashed in and out of its mouth.

The boy jumped up, and seizing a sword that hung on the wall, chopped at the snake until he killed it. That was the monster that had eaten the other bridegrooms—and now it was dead.

❄ La princesa llevaba tantos años de tristeza que su padre, el rey, había echado el bando de que cualquiera que la hiciera reír podría casarse con ella.

Cuando la princesa vio al muchacho tomar la escoba e incorporarse a la fila de soldados, soltó una carcajada. De inmediato el muchacho fue conducido dentro del palacio para que se casara con la princesa.

Pero hay que saber algo más de la princesa. La causa de su tristeza era que había casado cien veces, pero cada uno de los novios había desaparecido durante la noche de bodas, para no volver a ser visto nunca jamás. Corría la voz de que algún monstruo horrible los había devorado a todos.

El muchacho se casó con la princesa y después de una suntuosa cena de bodas subieron a las habitaciones de ella. La princesa se acostó en la cama, pero el muchacho se había acordado del segundo consejo y se dijo: —Ahora estoy casado. Vale más que tenga cuidado. —Y decidió permanecer en vigilia y a la defensa toda la noche.

A la medianoche empezaba a dormitar cuando oyó que algo se silbaba y se arrastraba hacia él. Abrió los ojos y a sólo dos pies de su cara vio las fauces abiertas de una gran serpiente. Sus ojos amarillos centelleaban y su larga lengua roja salía y se metía ondulante.

El muchacho se levantó de un salto y tomando una espada que halló colgada en la pared le dio a la serpiente hasta matarla. La serpiente era el monstruo que se había comido a todos los novios anteriores, y ahora estaba muerta.

In the morning when everyone saw that the princess' husband was alive, a big celebration began. It lasted for seven days and seven nights. But the boy kept thinking about the third advice he had bought:

If you're a poor but healthy man,
earn your living with your hands.

"This dancing and feasting is all very nice," the boy told his wife, "but my advice tells me I should be working with my hands." And he declared that the next day he would go find work

"You're married to a princess," the wife told him. "You don't have to work."

But he insisted. "Your money is yours. I must still earn my own."

In the morning he went to the palace of a neighboring king and asked for a job and was put to work building a wall with some other laborers. The other workmen soon saw that the boy knew nothing about laying stone or mixing mortar, and he struck them as a bit foolish. They all began to make fun of him.

Finally the boy grew angry. "You can say what you like," he told his fellow workers. "But I'm married to a princess. Can any of you say as much?"

Of course the other workers didn't believe him. One of them reported to the king that the boy was boasting and pretending to be royalty, claiming that he was married to a princess.

The king was enraged and sent for the boy. But when he saw what a simple fellow he was, the king laughed and said, "So you claim to be a nobleman."

En la mañana, cuando vieron que el marido de la princesa seguía con vida, hicieron una gran fiesta que duró siete días con sus siete noches. Pero el muchacho no podía más que pensar en el tercer consejo que había comprado:

Hombre pobre, eres sano.
Trabaja con la mano.

Al fin el muchacho le dijo a su esposa: —Esto de pasar los días bailando y comiendo está agradable, pero tengo un consejo que dice que debería trabajar con las manos. —Y anunció que al próximo día saldría a buscar trabajo.

—Estás casado con una princesa —le dijo su esposa—. Tú no tienes que trabajar.

Pero el muchacho insistió: —Tu dinero es tuyo. Todavía me toca ganar el mío.

A la otra mañana se fue al palacio de un rey vecino y pidió empleo. Lo mandaron a trabajar con un grupo de obreros que levantaban una pared. Los otros trabajadores se dieron cuenta de que el muchacho no sabía nada de la albañería, y además, les pareció un poco sonso. Todos empezaron a burlarse de él.

Al fin el muchacho se enojó. Les dijo a los otros obreros: —Digan lo que quieran, pero yo estoy casado con una princesa. ¿Acaso alguno de ustedes puede decir lo mismo?

Por supuesto que los otros trabajadores no le creyeron. Uno le llevó el chisme al rey de que el muchacho estaba fanfarroneando que su mujer era una princesa.

El rey se puso furioso y mandó llamar al muchacho. Pero cuando vio que era un tipo corriente se echó a reír. Dijo: —Así que tú dices que eres de sangre real.

"No, Your Majesty," the boy replied. "But my wife is a princess."

Now the king laughed even louder, but the boy told him, "If you don't believe me wait until noon. You'll see when she brings my lunch."

The king was growing annoyed. "Yes, I'll wait until noon, and if I don't see a princess coming with your lunch, you may expect to spend the rest of your life in my dungeon!"

"Fine," said the boy. "And if you do see a princess, what will you give me?"

The king lost his patience. "If you're married to a princess," he roared, "I'll pay you your weight in gold!"

The boy went back to work on the wall, and just at twelve o'clock he called to the workers, "Look! Here comes my wife."

Up the road came a carriage drawn by twelve white horses. In front rode fifty mounted soldiers, and fifty more rode behind. The carriage stopped in front of the workmen and the princess descended and handed the boy his lunch.

The king was watching from his window, and when he saw the princess he began cursing and muttering to himself, but there was no getting out of his bargain.

A big scale was brought out and the boy sat on the right side. Gold from the king's treasure was placed on the left until the two sides rested perfectly level.

The boy returned home with the princess, and since they lived happily for the rest of their lives, there's really nothing more to tell about them.

—No, Su Majestad —replicó el muchacho—. Pero mi esposa sí es una princesa.

El rey rió más fuerte, pero el muchacho le dijo:

—Si usted no me cree, espere hasta el mediodía. Verá quién me trae el almuerzo.

El rey se molestó. —Está bien —le dijo—. Espero hasta el mediodía, y si no veo venir a una princesa con tu almuerzo, puedes conformarte con pasar el resto de la vida en el calabozo.

—Muy bien —dijo el muchacho—. Y si usted ve a una princesa, ¿qué me va a dar?

El rey perdió los estribos—. Si tú estás casado con una princesa —bramó—, te doy tu propio peso en oro.

El muchacho volvió a trabajar en levantar la pared, y a las doce del mediodía le dijo a los obreros: —¡Miren! Ahí viene mi esposa.

Por el camino se acercó un carruaje tirado por doce caballos blancos. Por delante cabalgaron cincuenta soldados y otros cincuenta siguieron por detrás. El carruaje se detuvo ante los obreros y la princesa bajó y le entregó la comida al muchacho.

El rey vigilaba desde la ventana del palacio y cuando vio a la princesa se puso a maldecir y renegar entre dientes, pero no podía más que cumplir con el compromiso.

Trajeron una balanza grande y el muchacho se sentó en un lado. En el otro lado amontonaron oro de la tesorería del rey hasta que los dos lados quedaron perfectamente parejos.

El muchacho regresó a casa con la princesa, y como vivieron felices el resto de sus vidas, en realidad, ya no queda más por contar de ellos.

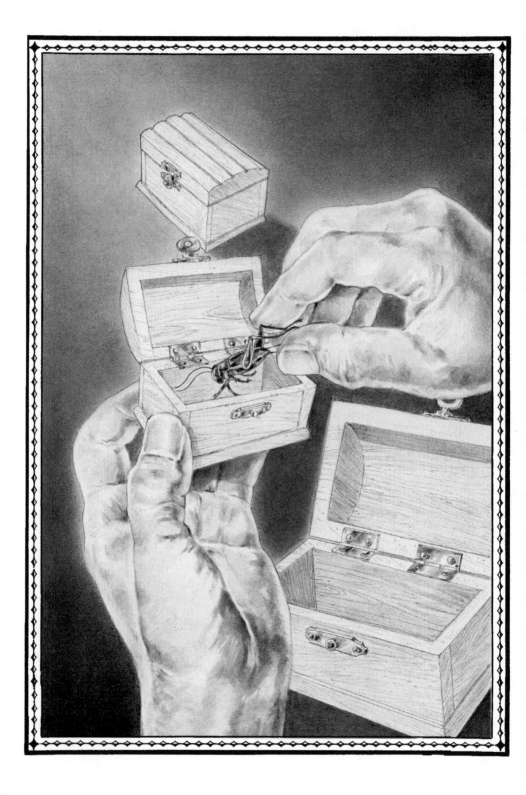

THE CRICKET
EL GRILLO

◆◇◆◇◆◇◆◇◆

This is a story about two men who were *compadres*. They were godfathers to each other's children.

The one man was rich. He had a fine ranch with a big herd of cattle. And he had one mule that was his pride and joy. It was a prize-winning animal.

◆◇◆◇◆◇◆

Éstos eran dos hombres que eran compadres, pues el uno era padrino de los hijos del otro.

Uno de ellos era rico. Tenía un rancho muy fino y mucho ganado. Y tenía una mula que era su verdadero orgullo. Era una bestia de competencia.

His compadre was very poor. And he was lazy. He never worked, never paid his bills. And he was always talking and talking. The people gave him a nickname. They called him *El Grillo*, "the Cricket", because he would never be quiet, just as a cricket won't quiet down when you're trying to get to sleep at night.

One of the foolish things that The Cricket was always saying was that he was *un adivino,* a seer, and that he could solve mysteries and find things that were lost. He used that idea to play a trick on his rich *compadre.*

Whenever The Cricket would get far behind in his bills and owe a lot of money, he would go out to his rich *campadre's* ranch. He would catch the prize-winning mule and lead it into the mountains and hide it.

The rich man would look all over his ranch for the mule. Then he would go call on The Cricket. "Can you help me?" he would ask. "My mule is lost. I can't find him anywhere on the ranch. Could you use your powers as a seer and find out where that mule is?"

The Cricket would say, "Oh, that doesn't sound too hard. I think I can help solve this mystery. But you know, I need some help too. Could you just pay off a few of my bills?"

The rich man would pay The Cricket's bills, and the poor man would go back to the mountains and get the mule and lead it home. Over and over he played the trick on his *compadre.* But his mischief almost caught up with him.

One day the rich man was visiting the governor at his palace, and the governor was very upset. "Oh," he sighed. "I have lost a ring that I've owned since I was a child. I can't find it anywhere in the palace."

✳ Su compadre era muy pobre y flojo. Nunca trabajaba, ni pagaba las deudas. Se pasaba el tiempo hablando, por lo que la gente le puso un apodo. Le decía "el Grillo" porque nunca se callaba, como un grillo que no deja de chillar cuando uno se quiere dormir.

Una de las locuras que decía el Grillo era que tenía el don de adivino, que sabía aclarar misterios y hallar cosas perdidas. Se aprovechaba de esa idea para engañar a su compadre rico.

Siempre que el Grillo se encontraba muy atrasado en el pago de las cuentas y debía mucho dinero, iba al rancho del compadre rico. Atrapaba la mula preciada y la llevaba a la sierra y allí la escondía.

El rico buscaba la mula por todo el rancho. Luego iba a ver al Grillo. Le decía: —¿Me puedes ayudar en algo? Mi mula está perdida. No la puedo encontrar en ningún lado del rancho. ¿Puedes valer de tu talento de adivino para descubrir dónde se encuentra?

El Grillo le decía: —Eso no me parece muy difícil. Creo que puedo resolver este asunto. Pero ¿sabes?, a mí también me hace falta un poco de ayuda. ¿Puedes pagar unas cuantas deudas que tengo pendientes?

El rico pagaba las deudas y el pobre iba a la sierra para recuperar la mula y devolverla al rancho. Una y otra vez engañó así a su compadre. Pero una vez por poco cae en su propia trampa.

Un día el rico fue a visitar al gobernador en su palacio, y el gobernador estaba muy consternado.

—Ay —suspiraba—, perdí un anillo que he tenido desde la niñez. No lo puedo encontrar en ningún rincón del palacio.

The rich man reassured him. "I can help you. My *compadre* is a seer. He can solve mysteries and find things that are lost. I'll tell him to come find your ring."

So the next day The Cricket had to go to the palace to find the ring. Now the pressure was really on him. He would have to find something that was truly lost. So he tried to get out of it.

The governor said, "I understand that you are *un adivino*, that you can find lost articles."

"Oh, no, Your Excellency," The Cricket said. "Sometimes I've been lucky and found something that was lost, but that doesn't mean I'm a seer, or have any special powers."

When he heard that, the governor became suspicious. He thought, *This man sounds like a fraud to me. He sounds like a cheat.*

He told The Cricket, "I'm going to lock you in a room for three days. If at the end of that time you can tell me where my ring is, you'll get a rich reward. But if you fail, then I'll know you've been lying to the people. And you'll get the proper punishment."

So The Cricket was locked in a room, and of course, he had no idea where the ring was or how he might find out.

Now, the truth of the matter was that three of the kitchen servants had stolen the ring. And it just so happened that on the evening of the first day one of those servants was sent up to The Cricket's room to serve the prisoner his supper.

The servant entered and placed the food on the table, and when The Cricket saw his evening meal before him, a thought hit—he had only three days in which to solve the mystery, and already it was suppertime, the end of the first day!

❄️ El rico lo alentó: —Yo lo puedo ayudar. Mi compadre es un adivino. Sabe revelar los misterios y hallar lo perdido. Le digo que venga para encontrar su anillo.

Así que al otro día el Grillo tuvo que ir al palacio para encontrar el anillo. Ahora no tenía salida. Tenía que encontrar algo que estaba perdido de verdad. Trató de esquivar.

El gobernador le dijo: —Tengo entendido que usted es un adivino, que puede encontrar los artículos perdidos.

—Oh no, Su Excelencia —respondió el Grillo—. Una y otra vez he tenido la suerte de encontrar alguna cosa perdida, pero eso no quiere decir que sea adivino o que tenga ningún don especial.

Cuando el gobernador oyó eso, comenzó a desconfiar. Pensó "este hombre me parece embustero, me parece estafador".

Le dijo al Grillo: —Lo voy a encerrar en un cuarto por tres días. Si al cabo de este plazo me puede decir dónde encontrar mi anillo, le recompenso ampliamente. Pero si no lo puede hacer, lo juzgo mentiroso y le pongo el castigo que corresponde.

Así que encerraron al Grillo en un cuarto, y por supuesto que no tenía ni idea dónde se encontraba el anillo ni cómo averiguarlo.

Bueno, la verdad era que tres sirvientes de la cocina se habían robado el anillo. Y tocó la casualidad que al final del primer día del encierro mandaron a uno de esos sirvientes al cuarto del Grillo para darle la cena.

El sirviente entró en el cuarto y puso la comida en la mesa y cuando el Grillo vio la cena por delante, se le ocurrió que sólo le habían dado tres días para aclarar el asunto, y ya era la hora de la cena, el final del primer día.

So as the servant was leaving the room, The Cricket shook his head and muttered to himself, "¡Ay! Of the three of them, that's the first one!"

He was talking about the first of the three days, but when the servant heard him, he thought The Cricket had recognized him as one of the three thieves. He ran back to the kitchen and said to his friends, "That man in the room really is a seer. As I was leaving I heard him say, 'Of the three, there goes the first.' He knew that I was one of the thieves!"

"Don't jump to conclusions," the other two advised. "It's probably just a coincidence. Tomorrow a different one of us will take him his food. We'll see what he says then."

The next day a second servant took the evening meal to The Cricket's room. Again, when The Cricket saw his supper before him, the truth struck. He had only three days to save himself, and the second was gone. As the servant was going through the door, The Cricket sighed, "¡Ay! Of the three of them, that's the second one!"

The servant ran back to his friends. "There's no doubt about it. He knows! As I was leaving he said, 'Of the three, there goes the second one.' He knew that I was one of the thieves too."

So on the third day, when the third servant took The Cricket his food, he just fell on his knees and pleaded, "Please don't turn us in to the governor. We know that you know about us, but if you tell the governor, he'll have our heads cut off."

The Cricket realized what the man was talking about. "I won't turn you in," he assured the servant, "if you do exactly as I say. Take the ring out to the barnyard and throw it on the ground in front of the fattest goose in the flock. Make sure the goose swallows the ring."

✳️ Así que cuando el sirviente salía del cuarto el Grillo agachó la cabeza y murmuró para sí:

—¡Ay! De los tres, ya está el primero.

Quería decir que de los tres días el primero había terminado, pero cuando el sirviente lo oyó decir eso creía que el Grillo lo había reconocido como uno de los tres ladrones. Corrió a la cocina y les dijo a sus amigos: —Ese hombre sí es adivino. Cuando salía del cuarto lo oí decir "De los tres, ya está el primero". Me reconoció como ladrón.

—No estés tan seguro —los otros aconsejaron—. Sería coincidencia. Mañana otro le lleva la cena. A ver qué dice entonces.

Al siguiente día el segundo sirviente llevó la comida al cuarto del Grillo. Otra vez, cuando el Grillo vio la cena pensó que sólo le concedieron tres días para salvarse y ya se le había ido el segundo. Mientras el sirviente salía del cuarto el Grillo suspiró y dijo: —¡Ay! De los tres, ya está el segundo.

El sirviente regresó corriendo donde sus amigos—. Ya no cabe duda —les dijo—. Lo sabe todo. Cuando salí del cuarto lo oí decir "de los tres, ya está el segundo". Sabía que yo también era ladrón.

Así que al tercer día cuando el tercer sirviente le llevó la comida al Grillo se arrodilló y le rogó: —Por favor, no nos denuncie. Ya sabemos que usted sabe todo de nosotros, pero si nos delata, el gobernador nos mandará degollar.

El Grillo entendió lo que quería decir el hombre. —No los voy a descubrir —afirmó al sirviente—, si haces lo que te digo. Lleva el anillo al corral y tíralo delante del ganso más gordo de todos. Asegúrate que el ganso se lo trague.

The servant did as he was told. Later, the governor brought The Cricket out of the room and said, "Well, what can you tell me about my ring?"

The Cricket told him, "Your Excellency, this is very strange, but I had a vision while I was in that room. I saw your barnyard and the pen where the geese are kept. And the ring was in the belly of the fattest goose!"

The governor laughed, "How would it get there?" But he ordered that the goose be brought in and its stomach opened. There was the ring!

That made a believer of the governor. "Well done!" he said and slapped The Cricket on the back. He rewarded The Cricket with gold. He even gave him the goose to take home for his wife to cook.

As he left the palace The Cricket promised himself, "Never again will I call myself a seer." But it wasn't so easy to get out of it.

A few weeks later the governor of Chihuahua was in New Mexico visiting at the palace, and the governor of New Mexico just had to brag about The Cricket.

"Living in this province of New Mexico is a man who is *un adivino*," he boasted to the governor of Chihuahua. "He can solve mysteries and find things that are lost. He could tell you what was hidden in some secret place."

The governor of Chuhuahua laughed, "*Adivino*, indeed! There's no such thing."

The two men started to argue, and before long they made a bet. They bet a thousand dollars apiece. The arrangement was that the governor of Chihuahua would hide something in a box, and they would run the box to the top of the flagpole. The Cricket would have to stand on the ground at the bottom of the flagpole and tell what was inside the box.

El sirviente hizo lo mandado. Poco después el gobernador sacó al Grillo del cuarto y le dijo: —Bueno, ¿qué me puede decir del anillo?

El Grillo le respondió: —Su Excelencia, es muy raro, pero me vino una visión cuando estaba en el cuarto. Vi el corral y el rincón en donde estaban los gansos. Y el anillo estaba en el buche del ganso más gordo.

El gobernador se rió. —¡Cómo ha de estar ahí?

Pero mandó que agarraran el ganso y le abrieran el buche. Y ¡ahí estaba el anillo!

Eso convenció al gobernador—. ¡Bien hecho! —le dijo al Grillo, dándole palmadas en la espalda. Gratificó al Grillo con oro. Hasta le dijo que se llevara el ganso a casa, para que su mujer lo asara.

Al salir del palacio, el Grillo se prometió: Nunca más vuelvo a decir que soy adivino. Pero no era tan fácil dejarlo.

Unas cuantas semanas después, llegó de visita el gobernador de Chihuahua y el gobernador de Nuevo México luego luego empezó a jactarse del Grillo.

—Aquí en esta provincia de Nuevo México hay un hombre que es adivino —fanfarroneó al gobernador de Chihuahua—. Puede aclarar misterios y encontrar artículos perdidos. Puede adivinar lo que está ocultado en cualquier escondite.

El gobernador de Chihuahua se rió. —¿Adivino, dice? Eso no puede ser.

Los dos hombres comenzaron a discutir y terminaron con hacer una apuesta. Cada uno jugó mil dólares. Convinieron en que el gobernador de Chihuahua pusiera algo en una caja y luego la subiera hasta la punta de la asta de bandera. El Grillo tendría que colocarse al pie de la asta y adivinar lo que estaba dentro de la caja.

The day of the contest arrived, and the governor of Chihuahua got a clever idea. He took a big box and put a smaller box inside it, then a smaller box inside that, and so on, until at last he put in a very tiny box.

"He'll think it's something big in this large box," the governor laughed. "I'll get something very small to go in this tiny box."

He went out to the garden to look for something small, and just then a little cricket went hopping across the path. The governor caught it and put it in the smallest box. He sealed all the boxes and raised them to the top of the flagpole. The guards went to get The Cricket.

There the poor Cricket stood at the bottom of the flagpole without a clue what was in the box. But the governor of New Mexico and the governor of Chihuahua stood before him, and there were soldiers all around. He couldn't run.

He just stood there. An hour passed, and then another. Finally the governor of Chihuahua started to laugh. "This man is a fraud, just as I told you." He turned to the governor of New Mexico. "Pay the bet and let's be done with it."

Now the governor of New Mexico grew impatient. "Speak up," he told The Cricket. "Tell us what's in the box. Speak!" Finally he roared, "I'll give you one more minute to speak. If you don't, I'll have you shot!"

The Cricket had to say something. He stuttered and fumbled, "In the box…in the box…in the box…in the box…"

"What?" gasped the governor of Chihuahua. "How does he know there's a box inside a box inside a box inside a box…?"

❄️ Llegó el día de la prueba y al gobernador de Chihuahua se le ocurrió una maña. Tomó una caja muy grande y dentro de ella metió una más pequeña. Dentro de la más pequeña puso una aun más pequeña, y así al estilo, hasta que para terminar puso una caja chiquitita.

—Va a creer que es algo grande en esta cajona —rió el gobernador—. Busco algo chiquito para meter en la caja más pequeña.

Salió al jardín para buscar algo pequeño y vio un grillo que atravezaba la senda a saltos. El gobernador atrapó el grillo y lo metió en la caja pequeñita. Cerró todas las cajas y las subió hasta la punta de la asta. Los soldados fueron para traer al Grillo.

El pobre Grillo se paró delante de la asta sin tener la menor idea de lo que estaba dentro de la caja. Pero ante él se encontraban el gobernador de Nuevo México y el de Chihuahua, y había soldados alrededor. No pudo escaparse.

Se quedó ahí parado. Pasó una hora, luego otra. Al fin el gobernador de Chihuahua echó a reír.

—Ya le dije que este hombre es mentiroso —le dijo al gobernador de Nuevo México—. Págueme lo que apostó para terminar con el asunto.

Ahora el gobernador de Nuevo México se impacientó—. Hable —le dijo al Grillo—. Diga lo que hay en la caja. —Al fin bramó: —espero otro minuto más y si no habla, ¡lo mando fusilar!

El Grillo tenía que decir algo. Balbuceó y tartamudeó: —En la caja...en la caja...en la caja...en la caja....

—¡Qué cosa! —boqueó el gobernador de Chihuahua—. ¿Cómo sabe que hay una caja dentro de otra caja, dentro de otra caja...?

And just then, thinking of himself, The Cricket hung his head and cried, "Oh no! They've got you this time, you poor little Cricket!"

The governor of Chihuahua's jaw fell. "If I hadn't heard that with my own ears, I never would have believed it!" He drew out his wallet and paid a thousand dollars to the governor of New Mexico.

The governor of New Mexico gave five hundred of those dollars to The Cricket. He shook his hand and slapped him on the back. "Well done once again!" he said and sent him home.

That was too close a call for The Cricket. "Never, ever again in my whole life," he said, "will I tell anyone I have any special powers whatever!"

But the boys on his street had always liked to make fun of The Cricket. That day they had filled a big gunny sack with garbage, and as The Cricket started down the street they ran out to meet him. They waved the gunny sack in front of him.

"*Adivino*," they taunted, "use your secret powers. Tell us what's inside this gunny sack."

"Don't call me *adivino*," The Cricket snapped. "I don't believe in that any more. It's nothing but a bunch of garbage. Leave me alone!"

The boys stared at him in amazement. "How did he know it was garbage? He really is a seer! We thought he was just an old fool."

So from that day on, it didn't matter how hard The Cricket tried to tell people that he wasn't a seer and had no special powers at all, no one believed him.

❄ En ese momento, pensando en sí mismo, el Grillo bajó la cabeza y gritó: —¡Ay, pobre Grillo! Esta vez te tienen arrinconado de verdad.

El gobernador de Chihuahua quedó boquiabierto—. De no haberlo oído con mis propios oídos, nunca lo hubiera creído. —Sacó la billetera y le dio mil dólares al gobernador de Nuevo México.

El gobernador de Nuevo México le pasó quinientos dólares al Grillo. Le estrechó la mano y le dio una palmada en la espalda—. ¡Bien hecho otra vez! —le dijo.

Eso había sido demasiado para el Grillo. Se dijo: —Nunca jamás en la vida diré a nadie que tengo habilidad cualquiera.

Pero a los muchachos de su barrio siempre les gustaba burlarse del Grillo. Ese día habían llenado un costal de basura y cuando el Grillo entró en la calle salieron a su encuentro. Agitaban el saco de basura ante él.

—Adivino —bromearon—, válgase de sus talentos secretos. Diga. ¿Qué tenemos dentro del costal?

—No me digan adivino —cortó el Grillo—. Ya no creo en eso. No es nada más que un montón de basura. Déjenme en paz.

Los muchachos quedaron admirados.

—¿Cómo sabía que era basura? Es un adivino de verdad. Y lo creíamos un viejo chiflado.

A partir de aquel día, no importaba cuánto insistiera el Grillo que no era adivino y que no tenía ningún don especial, nadie le creía.

Every time a housewife lost a spoon, she would come to him to find it. The governor kept calling on him to solve mysteries.

Finally, in order to have any peace at all, he had to take his family, and move far away from New Mexico, to a place where they hadn't heard of men who are called *adivinos*, or seers. And if he hasn't died, he must still be living there.

Cada ama de casa que perdía una cuchara venía para que él la encontrara. El gobernador seguía pidiendo que aclarara misterios.

Al fin, para tener una vida tranquila, tuvo que abandonar Nuevo México con su familia e instalarse en un lugar donde nunca se había oído hablar de los adivinos. Y si no ha muerto, de seguro sigue viviendo allí todavía.

THE LITTLE ANT
LA HORMIGUITA

ᛏᚡᛏᚥᛏ ᚡᛏᚥᛏᚡᛏᚥᛏᚡᛏᚥᛏᚡᛏᚥᛏᚡᛏᚥᛏ

All through the long, cold winter La Hormiguita, the little ant, had to stay inside her underground home because the ground was all covered with snow. But now the snow was melted, so she went to the door with her mother to see if spring had come.

"Look, Mamá," she said, "the snow has melted. And the grass is turning green. It's springtime! May I go outside and play?"

ᚥᛏᚡᛏᚥᛏ

Durante todo el largo invierno helado la Hormiguita tenía que quedarse en su casita debajo de la tierra, porque la tierra estaba todo cubierta de nieve. Pero ahora la nieve se había derretido y la Hormiguita fue a la puerta con su mamá para ver si había entrado la primavera.

—Mira, mamá —dijo—. Ya se perdió la nieve. Y el zacate se está volviendo verde. ¡Es la primavera! ¿Puedo salir a jugar?

"No, mijita," her mother said. "Don't you see those dark clouds? And can't you feel how cold it is? It may still snow. You'd better stay inside."

La Hormiguita didn't do as she was told. When her mother was busy, she ran outside to play. She climbed to the very tip of each green blade of grass she came to. She ran upside down on low branches of bushes and trees. She went a long way from home.

But pretty soon La Hormiguita began to feel cold. "Mamá was right," she thought. "I'm going back inside." But just as she started for home, big flakes of snow began to float down from the sky. And one very big snowflake landed right on La Hormiguita's little leg and stuck it fast to the ground.

La Hormiguita tugged and tugged at her little leg. And she cried out to *la nieve,* the snow, to let go of it so she could go home. She said:

Nieve, ¡suelta mi patita
Para que vaya a mi casita!

But the snow wouldn't let go of her little leg. So La Hormiguita called out to *el sol,* the sun, to melt the snow:

Sol, derrite la nieve.
Nieve, ¡suelta mi patita
Para que vaya a mi casita!

But the sun wouldn't melt the snow. So La Hormiguita called out to *la nube,* the cloud, to cover the sun:

Nube, tapa el sol.
Sol, derrite la nieve.
Nieve, ¡suelta mi patita
Para que vaya a mi casita!

❄️ —No, mijita —le dijo su mamá—. ¿No ves esas nubes tan negras? ¿No sientes el frío que hace? Puede caer nieve todavía. Vale más que te quedes dentro de la casa.

La Homiguita no obedeció a su mamá. Cuando su mamá estaba ocupada con el trabajo de la casa, la Hormiguita salió a jugar. Subió hasta la punta de cada hoja verde de zacate que encontró. Corrió patas arriba por las ramas bajas de las matas y los árboles. Fue muy lejos de su casa.

Pero a poco tiempo la Hormiguita comenzó a tener frío. "Mamá tuvo razón" pensó. Voy a meterme en la casa. Pero luego que se encaminó hacia la casa, copos grandes de nieve empezaron a caer lentamente del cielo. Y un copo muy grande le cayó en la patita a la Hormiguita y se la pegó al suelo.

La Hormiguita jaló y jaló con su patita. Y gritó a la nieve que soltara su pata para que pudiera regresar a casa. Dijo:

> Nieve, ¡suelta mi patita
>
> Para que vaya a mi casita!

Pero la nieve no quería soltar su patita. Así que la Hormiguita gritó al sol, para que éste derritiera la nieve:

> Sol, derrite la nieve.
>
> Nieve, ¡suelta mi patita
>
> Para que vaya a mi casita!

Pero el sol no quería derretir la nieve. Así que la Hormiguita gritó a la nube, para que ésta tapara al sol:

> Nube, tapa el sol.
>
> Sol, derrite la nieve.
>
> Nieve, ¡suelta mi patita
>
> Para que vaya a mi casita!

But the cloud wouldn't cover the sun, the sun wouldn't melt the snow and the snow wouldn't let go of the Little Ant's foot. They all told her the same thing. They said, *"No quiero...I don't want to."* So La Hormiguita called out to *el viento,* the wind. She told it to scatter the cloud:

> *Viento, desbarata la nube.*
>
> *Nube, tapa el sol.*
>
> *Sol, derrite la nieve.*
>
> *Nieve, ¡suelta mi patita*
>
> *Para que vaya a mi casita!*

But the wind wouldn't scatter the cloud. It whispered, *"No-o-o-o quie-e-e-ro...I don't want to."*

So La Hormiguita called out to *la pared,* the wall. She told the wall to block the wind:

> *Pared, ataja el viento.*
>
> *Viento, desbarata la nube.*
>
> *Nube, tapa el sol.*
>
> *Sol, derrite la nieve.*
>
> *Nieve, ¡suelta mi patita*
>
> *Para que vaya a mi casita!*

But the wall wouldn't block the wind, the wind wouldn't scatter the cloud, the cloud wouldn't cover the sun, the sun wouldn't melt the snow and the snow wouldn't let go of the Little Ant's foot. They all said, *"No quiero...I don't want to."*

La Hormiguita called out to someone who makes holes in walls. *¡El ratón!* The mouse! She cried:

Pero la nube no quería tapar el sol, el sol no quería derretir la nieve y la nieve no quería soltar la pata de la Hormiguita. Todos le dijeron lo mismo. Le dijeron: —No quiero.

Y la Hormiguita le gritó al viento para que desbaratara la nube:

> Viento, desbarata la nube.
>
> Nube, tapa el sol.
>
> Sol, derrite la nieve.
>
> Nieve, ¡suelta mi patita
>
> Para que vaya a mi casita!

Pero el viento no quería desbaratar la nube. Le susurró: —No-o-o-o quie-e-e-ro.

La Hormiguita le gritó a la pared, para que atajara el viento:

> Pared, ataja el viento.
>
> Viento, desbarata la nube.
>
> Nube, tapa el sol.
>
> Sol, derrite la nieve.
>
> Nieve, ¡suelta mi patita
>
> Para que vaya a mi casita!

Pero la pared no quería atajar el viento, el viento no quería desbaratar la nube, la nube no quería tapar el sol, el sol no quería derretir la nieve y la nieve no quería soltar la pata de la Hormiguita. Todos le dijeron: —¡No quiero!

La Hormiguita gritó a alguien que hace agujeros en las paredes. ¡El ratón! Gritó:

Ratón, agujerea la pared.

Pared, ataja el viento.

Viento, desbarata la nube.

Nube, tapa el sol.

Sol, derrite la nieve.

Nieve, ¡suelta mi patita

Para que vaya a mi casita!

But the mouse didn't make any holes in the wall. La Hormiguita called out to someone who catches mice! *¡El gato!* The cat! She told the cat to catch the mouse:

Gato, atrapa al ratón.

Ratón, agujerea la pared.

Pared, ataja el viento.

Viento, desbarata la nube.

Nube, tapa el sol.

Sol, derrite la nieve.

Nieve, ¡suelta mi patita

Para que vaya a mi casita!

But the cat didn't pay any attention to the Little Ant. So who in the world could she call out to now? *¡El perro!* The dog!

Perro, corre al gato.

Gato, atrapa al ratón.

Ratón, agujerea la pared.

Pared, ataja el viento.

Viento, desbarata la nube.

Nube, tapa al sol.

Sol, derrite la nieve.

Nieve, ¡suelta mi patita

Para que vaya a mi casita!

Ratón, agujerea la pared.

Pared, ataja el viento.

Viento, desbarata la nube.

Nube, tapa el sol.

Sol, derrite la nieve.

Nieve, ¡suelta mi patita

Para que vaya a mi casita!

Pero el ratón no hizo ningún agujero en la pared. Y la Hormiguita gritó a alguien que atrapa a los ratones. ¡El gato! Le mandó al gato que atrapara al ratón:

Gato, atrapa al ratón.

Ratón, agujerea la pared.

Pared, ataja el viento.

Viento, desbarata la nube.

Nube, tapa el sol.

Sol, derrite la nieve.

Nieve, ¡suelta mi patita

Para que vaya a mi casita!

Pero el gato no le hizo caso a la Hormiguita. ¿Y a quién podría gritar La Hormiguita ahora? ¡Al perro!

Perro, corre al gato.

Gato, atrapa al ratón.

Ratón, agujerea la pared.

Pared, ataja el viento.

Viento, desbarata la nube.

Nube, tapa el sol.

Sol, derrite la nieve.

Nieve, ¡suelta mi patita

Para que vaya a mi casita!

But do you think the dog would chase the cat? No! He refused to do it. He howled, *"N-O-O-O-O QUIE-E-E-ERO-O-O...I DON'T WANT TO-O-O-O-O.*

And La Hormiguita called out to.... *¡La pulga!* The flea! She cried to the little flea that lives in the dog's fur, and she told it to bite the dog:

> *Pulga, pica al perro.*
>
> *Perro, corre al gato.*
>
> *Gato, atrapa al ratón.*
>
> *Ratón, agujerea la pared.*
>
> *Pared, ataja el viento.*
>
> *Viento, desbarata la nube.*
>
> *Nube, tapa el sol.*
>
> *Sol, derrite la nieve.*
>
> *Nieve, ¡SUELTA MI PATITA*
>
> *PARA QUE VAYA A MI CASITA!*

Well! The flea is a cousin to the Little Ant. And cousins help each other. When she heard what La Hormiguita wanted her to do, the flea shrugged and said, "*Sí, ¿cómo no?*...Yes, why not?" And...

> The flea began to bite the dog.
>
> The dog began to chase the cat.
>
> The cat began to catch the mouse.
>
> The mouse began to gnaw the wall.
>
> The wall began to block the wind.
>
> The wind began to scatter the cloud.
>
> The cloud began to block the sun.
>
> The sun began to melt the snow...

❄ Pero, ¿crees que el perro corrió al gato? No. Se negó rotundamente a hacerlo. Aulló: —N-O-O-O-O QUIE-E-E-RO-O-O-O.

Así que la Hormiguita gritó a la pulga que vive en el pellejo del perro y le dijo que picara al perro:

Pulga, pica al perro.

Perro, corre al gato.

Gato, atrapa al ratón.

Ratón, agujerea la pared.

Pared, ataja el viento.

Viento, desbarata la nube.

Nube, tapa el sol.

Sol, derrite la nieve.

Nieve, ¡suelta mi patita

Para que vaya a mi casita!

Bueno, la pulga es la prima de la hormiguita. Y los primos se ayudan. Cuando la pulga oyó lo que la Hormiguita le pedía, se encogió de hombros y dijo:

—Sí, ¿cómo no? —Y...

La pulga empezó a picar al perro.

El perro empezó a correr al gato.

El gato empezó a atrapar al ratón.

El ratón empezó a hacer un agujero

en la pared.

La pared empezó a atajar el viento.

El viento empezó a desbaratar la nube.

La nube empezó a tapar el sol.

El sol empezó a derretir la nieve...

The snow let go of La Hormiguita's little leg. And she finally made it back home safe and sound. And she waited until her mother said that spring had come for sure before she went back outside to play.

La nieve soltó la patita de la Hormiguita. Y por fin llegó a casa sana y salva. Y esperó hasta que su mamá le dijo que sin duda había empezado la primavera para volver a salir a jugar.

THE BEST THIEF
EL MEJOR LADRÓN

◆◇◆◇◆◇◆◇◆

Long ago there lived a man and woman who had three sons. They were very poor and didn't have enough money to feed and clothe the boys.

Now, in those days people were very helpful to one another. If a family was too poor to raise a child, the godparents, the *padrinos,* would take the child and raise it as their own. So the man spoke to his *compadres,* the boys' godfathers, and asked them to raise the boys. He also asked them to teach the boys whatever trade they followed so that the boys could earn a living when they were grown.

◆◇◆◇◇◆◇◆

Hace mucho tiempo vivían un hombre y una mujer que tenían tres hijos. Eran muy pobres y no tenían dinero con que comprar ropa y comida para los muchachos.

Bueno, en aquellos tiempos la gente se ayudaba mucho. Si una familia era demasiado pobre para mantener a un hijo, los padrinos lo acogían y lo criaban como a su propio hijo. Así que el hombre habló con sus compadres y les pidió que criaran a los muchachos. También les pidió que les enseñaran sus oficios a los muchachos, para que pudieran ganarse la vida cuando estuvieran grandes.

The oldest son's godfather was a cobbler, so the boy lived with him and learned to cut and stitch leather into shoes. The boy could soon make better shoes than his godfather, so he went home to live with his parents and help them out by working at his trade.

The second son's godfather was a tailor, and the boy learned how to measure and cut cloth and sew fine clothes. When he had become a better tailor than his godfather, he returned home.

Now, the godfather of the youngest boy—he was a thief! People said he was *El Mejor Ladrón,* the best thief in the land. From him the boy learned how to steal things.

One day the thief told the boy, "Let's walk down the road together until I find a way to test you to see if you're clever enough to be a thief."

They walked along until they came to a tree by the side of the road. Up in the tree was a bird's nest with the mother bird sitting on her eggs.

The thief said, "I'm going to climb this tree and steal the eggs from under that mother bird. She won't feel a thing. I won't make her fly away. I'll bring them to you. If you can climb back up the tree and put the eggs back under the mother without scaring her off, then I'll know that you're good enough to be a thief."

So the thief climbed the tree. But without his knowing it, the boy climbed the tree right behind him. The man stole the first egg from under the mother bird and put it in his pocket, and the boy stole the egg from his pocket and put it in his own. Then the thief stole a second egg, and the boy stole that one. And the same with the third. Then the two of them climbed down without the thief's ever knowing that the boy was right there below him.

El padrino del hijo mayor era zapatero, y el muchacho fue a vivir con él y aprendió a cortar el cuero y coserlo para hacer zapatos. En poco tiempo el muchacho era más diestro que su padrino, por lo que regresó a la casa de sus padres para ayudarles con el dinero que ganaba.

El padrino del segundo hijo era sastre y el muchacho aprendió a medir y cortar la tela y hacer ropa fina. Cuando llegó a ser mejor sastre que su padrino, volvió a casa.

¿Y el padrino del menor? Pues, era ladrón. Por ser tan talentoso para robar, la gente le decía "El Mejor Ladrón". De su padrino el menor aprendió a robar.

Un día el ladrón le dijo al muchacho: —Vamos caminando por este camino a ver si encuentro la manera de comprobar si eres lo suficiente listo para hacerte ladrón.

Caminaron hasta que encontraron un árbol al lado del camino. Allá arriba en el árbol había un nido donde una pájara mamá estaba sentada sobre sus huevos.

El ladrón dijo: —Voy a subir arriba y robarle los huevos a esa pájara. Ella no lo va a sentir. Tampoco se echará a volar. Te los traigo a ti. Si puedes subir después y poner los huevos bajo la pájara sin que ella se espante, me convencerás de que estás listo para hacerte ladrón.

El ladrón trepó el árbol. Pero sin que el hombre lo sintiera el muchacho subió detrás de él. El hombre sacó el primer huevo de debajo de la pájara y lo metió en el bolsillo, y el muchacho le robó el huevo del bolsillo y lo puso en el suyo. Luego el ladrón robó otro huevo y el muchacho le robó eso también. Hizo igual con un tercer huevo. Luego los dos bajaron sin que el hombre se diera cuenta que el muchacho había bajado con él.

When they got to the ground, the man said, "Now it's your turn. Take these eggs…" He reached into his pocket but there weren't any eggs.

The boy reached into his own pocket. "Oh," he said, "do you mean these eggs?" There were the three eggs in the boy's hand.

The man laughed. "They say that I'm the best thief in the land. But I guess I'm second best. You're the best thief in the land!" And he sent the boy home to his parents so that he could help them out by working at his trade.

Now back in those times the only place to find a job was at the king's palace. The oldest son had gone there as soon as he returned home and because of his skill had become the Royal Cobbler.

When the second son returned, he also found work at the palace, and soon he was the Royal Tailor.

When the youngest son arrived home, the two older brothers went to speak to the king, hoping that the boy might also be able to find work at the palace.

"Well," asked the king, "what sort of work does he do?"

"He's a thief, Your Majesty. He's the best thief in the whole land!"

"A thief!" the king roared. "I usually hang thieves. I don't give them a job! But you say he's the best thief in the whole land? I'm curious about that. Tell him to come and talk to me tomorrow."

Cuando llegaron al suelo el hombre dijo: —Ahora te toca a ti. Toma estos huevos... —Tentó en el bolsillo, pero no había nada.

El muchacho metió la mano en su propio bolsillo. Dijo: — ¿Acaso buscas estos huevos? —Había tres huevos en la mano del muchacho.

El hombre se rió. —Dicen que yo soy el mejor ladrón de este país. Pero parece que soy el segundo. Tú eres el mejor ladrón. —Y mandó a casa al muchacho para ayudar a sus padres practicando su oficio.

Bueno, en aquellos tiempos el único lugar donde se podía encontrar trabajo era el palacio del rey. El hijo mayor había ido ahí en cuanto volvió a casa y con su habilidad de zapatero se había hecho el Zapatero Real.

Cuando el segundo hijo volvió a casa él también consiguió trabajo en el palacio y pronto se convirtió en el Sastre Real.

Cuando el hijo menor llegó a casa, los dos hermanos mayores fueron a hablar con el rey, esperando que el menor también pudiera conseguir trabajo en el palacio.

—Bueno —preguntó el rey—, ¿y cuál es el trabajo que hace?

—Es ladrón, Su Majestad. Es el mejor ladrón de todo el país.

—¡Un ladrón! —bramó el rey—. Mi costumbre es ahorcar a los ladrones, no darles trabajo. Pero ¿dicen que es el mejor ladrón de todo el país? Eso me pica la curiosidad. Díganle que venga mañana a hablar conmigo.

The next day the boy went to speak with the king. The king said, "I hear that you're the best thief in the land."

"Well, Your Majesty," the boy said, "you've heard the truth."

"We'll see about that. I'm going to give you a test. Tomorrow a pack train of mules loaded with gold will be coming to the palace. If you can steal the gold from those mules without the mule drivers catching you, it's yours. But if they catch you, you'll spend thirty years in my dungeon!"

The boy just shrugged his shoulders and went away. He went to talk to his brother the cobbler, and he had his brother take leather and make a big doll. The doll was as big as a full-grown man. The boy set out down the road with the doll over his shoulder.

The boy came to a place where there was a grove of cottonwood trees not far from the road. He climbed one of those trees with the doll and set it up among the branches. Then he went off to hide.

A short while later, the mule train came up the road. The mule drivers looked over at the tree. They could see someone hiding among the branches.

"*Mira, ¡son los apaches!* It's the Apaches!" some said. Others said, *"No. Son los navajó.* It's the Navajos."

But they all knew that whether it was the Apaches or the Navajos, the smart thing was to go right on by and pretend they hadn't seen that Indian scout watching them.

That night when they made camp, they were nervous. They put out double guards and they all slept with their rifles next to them in their bedrolls.

Al otro día el muchacho fue a hablar con el rey. El rey le dijo: —Me dicen que eres el mejor ladrón de este país.

—Así es, Su Majestad —dijo el muchacho—, usted ha oído la verdad.

—Vamos a ver. Le pongo una prueba. Mañana vendrá al palacio una caravana de mulas cargadas de oro. Si te puedes robar el oro sin que los arrieros te pesquen, será tuyo. Pero si te agarran, te condeno a treinta años en el calabozo.

El muchacho se encogió de hombros y se fue. Habló con su hermano zapatero y le encargó hacer un mono de cuero del tamaño de un hombre. El muchacho se encaminó con el mono echado al hombro.

Llegó a un lugar donde había un bosquecito de álamos cerca del camino. Subió un álamo con el mono y lo colocó entre las ramas del árbol. Luego se fue a esconderse.

Al cabo de poco tiempo la caravana de mulas vino por el camino. Los arrieros miraron el árbol. Vieron a alguien escondido entre las ramas.

—Mira, son los apaches —dijeron algunos.

—No —dijeron otros—, son los navajó.

Pero todos sabían que ya sea apache o navajó lo mejor sería seguir de largo como si no hubieran visto al espía indio que los observaba.

Aquella noche cuando pararon para hacer campamento estaban nerviosos. Montaron doble guardia y todos durmieron con el rifle al alcance de la mano.

The boy waited until late into the night. Then he came running into the camp screaming, *"Los apaches! Los apaches!* Here come the Apaches!"

The mule drivers jumped up and grabbed their rifles. They all ran for the trees, to fight from behind them. While the mule drivers were gone, the boy opened all the saddlebags, took the gold, closed the saddlebags again and went on his way.

When the boy arrived at the palace the next day, the King was furious. "So!" he growled, "you've got my gold!"

"Your Majesty," the boy corrected, "you mean my gold, don't you?"

"Aaahh, your gold or my gold—whatever! Now I have another test. Tomorrow another pack train will be coming, and these drivers will be wise to you. If you can get their gold, fine, it's yours. But if you fail, you've taken your last look at sunlight. You'll spend the rest of your life in my dungeon."

The boy shrugged and went off to see his brother the tailor. He had him take black cloth and make eleven black robes such as priests wear. He wrapped those robes up in a bundle and set out. He only made one stop on his way, and that was to buy a big jug of whiskey.

That evening the mule drivers were coming up the road and they met up with a priest coming down the road in the other direction. He was all covered with dust from his journey, and he carried a bundle under his arm.

They greeted him courteously. "Father," they said, "will you stop and camp the night with us?"

❅ El muchacho aguardó hasta muy entrada la noche, luego entró corriendo al campamento gritando: —¡Los apaches! ¡Los apaches! Ahí vienen los apaches.

Los arrieros se levantaron y agarraron sus rifles. Todos corrieron a cubrirse con los árboles para luchar desde ahí. Y mientras los muleros no estaban, el muchacho abrió las alforjas, sacó el oro, volvió a cerrarlas y se fue.

Cuando el muchacho llegó al palacio al otro día el rey estaba furioso. Gruñó: —Así que ya tienes mi oro.

—Su Majestad —lo corrigió el muchacho—, ¿se refiere usted a mi oro?

—Tu oro o mi oro... lo que sea. Ahora te tengo otra prueba. Mañana va a venir otra caravana y estos arrieros estarán prevenidos de ti. Si logras robarles el oro, es tuyo. Pero si fallas, habrías visto el sol por última vez. Pasarás el resto de la vida en la cárcel.

El muchacho se encogió de hombros y se fue a ver a su hermano el sastre. Le dijo que buscara tela negra para hacer once sotanas negras como las que usan los padres de la iglesia. Hizo un bulto con las sotanas y se encaminó. Sólo hizo una parada en el camino y eso fue para comprar una botella de whisky.

Esa tarde los arrieros se encontraron con un sacerdote que venía caminando en el sentido contrario. Estaba todo cubierto de polvo debido a su larga caminata y llevaba un bulto bajo el brazo.

Le saludaron muy respetuosamente: —Padre —dijeron—, ¿no quiere usted pasar la noche con nosotros?

"No," the priest replied, "I have to get on to the next village. The people are expecting me. But I would appreciate a cup of coffee. Could you give me that?"

"Of course, Father. It's time to make camp anyway."

So they built a campfire and put on a big coffee pot. Then the men got busy with their animals, giving them water and hay.

While they were busy, the boy (because that's who the priest really was) took the lid from the coffee pot, pulled the stopper from the jug of whiskey and poured the whole jug of whiskey into the coffee pot.

When the men finished their work, they poured out cups of coffee. The boy only pretended to drink his. He tossed it out on the ground.

But the men drained the first cup of coffee. "Whew! That's good coffee. Let's have another cup!" They poured out another round. "Ah! That coffee gets better with every cup. Let's have some more!"

Soon they were all swaying back and forth and singing around the fire. Then they fell asleep. While they were sleeping, the boy not only stole the gold—he also stole their clothes. And he dressed them all up like priests in black robes.

The next day the watchman at the palace was looking out and he saw ten priests come walking up the road. "What's this?" he puzzled. "Oh! The Bishop must be coming for a visit!" He ran to inform the priest at the palace.

—No —respondió el padre—. Tengo que seguir hasta el próximo pueblo. La gente me está esperando. Pero les agradecería un cafecito. ¿Me lo pueden dar?

—Sí, ¿cómo no?, padre. Es hora de pararnos, de todos modos.

Prendieron una fogata y pusieron una cafetera grande a calentar. Luego los hombres se fueron a cuidar las bestias, dándoles agua y pasto.

Mientras los arrieros estaban ocupados en eso, el muchacho (que es quien en realidad era el sacerdote) levantó la tapa de la cafetera, sacó el corcho de la botella de whisky y vació todo el licor en la cafetera.

Cuando los hombres terminaron su trabajo llenaron las tazas de café. El muchacho solamente hacía que tomaba. Lo echaba todo en la tierra.

Pero los hombres apuraron la primera taza de cafe y dijeron: —¡Caray! Qué buen café. ¡Repitámoslo! —Se sirvieron otra ronda—. ¡Ah! Este café va mejorando con cada taza. ¡A la otra!

Pronto estaban balanceándose de un lado para el otro y cantando alrededor de la fogata. Luego se durmieron. Mientras dormían, el muchacho no sólo se robó el oro, sino que también les robó la ropa a los hombres y los vistió en sotanas como padres.

Al otro día el guardia del palacio que vigilaba el camino vio acercarse a diez sacerdotes. Se preguntó "¿qué quiere decir eso? ¡Ajá! Será que el obispo viene a visitar". Y corrió a avisarle al padre de la iglesia del palacio.

They started ringing the church bell, and everyone turned out. Even the king and queen were waiting in their royal finery—to meet their own mule drivers dressed up like priests!

When the boy got to the palace, the king was fuming. "Sooo! You got my gold again, did you?"

"Your Majesty! You mean my gold, don't you?"

"Your gold! My gold!" the king thundered. "Who cares? I have one more test for you. And this time you won't succeed!"

"Maybe I will. Maybe I won't."

"You won't! Listen to this! Can you come into my bedroom tonight and steal the sheets from my bed while the queen and I are sleeping on it? Ha! Ha! If you can do that I'll give you half my kingdom! But if you fail—and you will fail—it will cost you your life!"

The boy thought about it for a while. Then he went back to the big cottonwood tree where he had left the doll. He got the doll down and went along to his parents' home.

His father had just butchered a sheep, so he cut the doll open and stuffed the insides of the sheep into the doll. He sewed it back up and went on to the palace to await nightfall.

That night the king was lying in bed with his eyes wide open, staring at the door, just waiting for someone to try to come in. He had his sharpest sword at his side.

The boy waited until far into the night. Then he held the doll in front of him and went creeping up the stairs to the royal bedchamber. When he got to the doorway, he eased the doll ahead of him into the room.

Doblaron la campana de la iglesia y todo el mundo salió. Hasta el rey y la reina estuvieron ahí en su vestuario real, para darles la bienvenida a sus propios arrieros vestidos de padres.

Cuando el muchacho llegó al palacio el rey fulminó:

—Bueno...tienes mi oro otra vez, ¿eh?

—Su Majestad, usted se refiere a *mi* oro, ¿verdad?

—Tu oro o mi oro... ¿a quién le importa? Te tengo otra prueba y esta vez no vas a salir con la tuya.

—Tal vez sí, tal vez no.

—¡Seguro que no! Óyeme. ¿Puedes entrar en mi dormitorio esta noche y robar las sábanas de la cama mientras la reina y yo dormimos sobre ellas? ¡Ja! ¡Ja! Si puedes hacer eso, te doy la mitad de mi reino. Pero si fracasas —y sí vas a fracasar— te costará la vida.

El muchacho lo pensó largo rato. Luego volvió al álamo grande donde había dejado el mono de cuero. Recuperó el mono y siguió caminando hasta la casa de sus padres.

Su padre acababa de matar un borrego, así que el muchacho abrió la panza del mono y lo rellenó con las entrañas del borrego. Luego cosió la abertura del mono, se fue al palacio y aguardó el anochecer.

Aquella noche el rey estaba en la cama con los ojos abiertos, mirando fijamente la puerta, esperando que alguien intentara entrar. Tenía al lado su espada más filosa.

El muchacho esperó hasta las altas horas de la noche. Luego, llevando el mono por delante, subió sin ruido la escalera que conducía a la recámara real. Cuando llegó a la puerta, metió el mono lentamente en la habitación.

The king saw someone coming through the door and leaped out of bed. He seized his sword and—slash! The doll fell in two pieces. And blood from the insides of the sheep went splattering all over the room.

"Ha-ha!" the king laughed. "I guess I'm rid of that thief at last." But then he thought, "I can't leave this dead body here for the queen to see in the morning. I'd better bury him."

So he picked up the two halves of that doll, which he thought was the thief, and carried it out to bury it.

While he was gone, the boy came sneaking into the room. And he climbed into bed with the queen!

"Whew!" he said, "I'm so hot and sweaty! It was a lot of work burying that thief. He was heavy! Move over to the far side of the bed and give me plenty of air."

So the queen moved over as far as she could on the bed. And the boy slipped the sheets off half the bed. Then he said, "I'm still too warm. Let me get close to the window. You come over here!"

So the queen traded places with him, and he took the sheets off the other half of the bed. Then, as soon as the queen drifted back to sleep, he crept from the room.

He had hardly gone out the door when the king came in. The king climbed into bed, and he said, "Whew! I'm so hot and sweaty! It was a lot of work burying that thief. He was heavy!" Move over to the far side of the bed and give me plenty of air."

The queen opened one eye. "You already said that once!" she scolded. "Are you going to talk about it all night? Can't I get some sleep?"

El rey vio que alguien entraba y brincó de la cama. Empuñó la espada y —¡*zaz!*— el mono cayó al piso partido en dos. El cuarto quedó salpicado de la sangre de las entrañas del borrego.

—¡Ajá! —se dijo el rey—. Parece que al fin me he quitado de ese ladrón. Pero luego pensó "no puedo dejar que la reina vea este cadáver en la mañana. Vale más que lo entierre".

Así que levantó las dos mitades del mono, que creía ser el ladrón, y las llevó afuera para enterrar.

Mientras el rey no estaba, el muchacho entró de puntillas en la recámara y se metió en la cama con la reina.

—¡Uy! —dijo—. Estoy todo sudado. Qué trabajo me he dado para enterrar al ladrón. Era pesado. Hazte al extremo de la cama. Déjame respirar.

Así que la reina se alejó de él lo más posible en la cama. El muchacho quitó las sábanas de una mitad de la cama. Luego dijo:

—Todavía estoy sofocando. Déjame estar junto a la ventana. Tú te acuestas aquí.

La reina cambió lugares con el muchacho y éste quitó las sábanas de la otra mitad de la cama. Luego, tan pronto dormitaba la reina, el muchacho se fue del dormitorio.

Apenas atravesó la puerta cuando el rey entró. Se metió en la cama y dijo: —¡Uy! Estoy todo sudado. Qué trabajo me he dado para enterrar al ladrón. Era pesado. Hazte al extremo de la cama. Déjame respirar.

La reina abrió un ojo y le regañó: —Ya lo dijiste una vez. ¿Vas a estar toda la noche diciéndolo? ¿No puedo dormir un poco?

"What do you mean, 'Already said that once...talk about it all night long'? What are you...?" Then he noticed that there weren't any sheets on the bed!

He jumped out of bed and started tearing his hair and cursing and kicking the furniture around the room! But what could he do? He had given his word and a king's word cannot be broken. The next day he had to sign a piece of paper giving half his kingdom to the boy.

The boy took his father and mother and his two brothers, and they all moved into one of the small palaces on their half of the kingdom. And from that day on the family was so rich, no one in the family ever had to work again. Not as a cobbler. Not as a tailor. And not even as a thief!

—¿Qué quieres decir? ¿Que ya lo dije una vez? ¿Decirlo toda la noche? ¿Qué dices? —Luego se dio cuenta que no había sábanas en la cama.

Saltó de la cama y se puso a jalarse el pelo y maldecir y dar patadas a los muebles. ¿Pero qué más podía hacer? Había dado su palabra y la palabra de un rey se tiene que cumplir. Al otro día tenía que firmar un papel que daba la mitad del reino al muchacho.

El muchacho llevó a su padre y madre y a sus dos hermanos a vivir en uno de los palacios pequeños de su mitad del reino. A partir de aquel día la familia estaba tan rica que nadie tenía que trabajar más —no como zapatero, ni como sastre, ¡ni tampoco como ladrón!

LITTLE GOLD STAR
ESTRELLITA DE ORO

A long time ago there was a man whose wife had died. He had just one daughter, and her name was Arcía. Their neighbor was a woman whose husband had died. And she had two daughters.

Every day, when Arcía walked down the street past the woman's house, the woman came out and gave her something good to eat. She gave her sweet little cookies calls *bizcochitos,* or *sopaipillas* with honey or sometimes some milk to drink.

Hace mucho tiempo había un hombre a quien se le había muerto la esposa. Tenía una sola hija, que se llamaba Arcía. Su vecina era una mujer a quien se le había muerto el marido. Ella tenía dos hijas.

Todos los días cuando Arcía caminaba por la calle frente a la casa de la vecina, la mujer salía y le daba algo bueno para comer. Le daba bizcochitos o sopaipillas con miel, o a veces un vaso de leche.

And so one day Arcía said to her father, "Papá, why don't you marry that woman? She's so good to me! She gives me soapaipillas almost every day."

Her father didn't want to. He said, "No, my child. She gives us sopaipillas with honey today, but tomorrow she'll give us sopaipillas with gall!

But Arcía protested, "No, Papá. She's a nice woman. You should marry her." And she talked her father into it!

At first everything was fine. But before long the other girls started quarreling with Arcía, and the woman no longer liked her and began to be very unkind to her. She bought all sorts of fine things for her own daughters—pretty dresses and jewels for them to wear. But when Arcía's shoes wore out, she wouldn't even buy her new ones. And Arcía had to go around barefoot.

Finally the bedroom was so full of the beautiful things that belonged to the stepsisters, there wasn't room for Arcía to sleep there. She had to move down to the kitchen and sleep next to the stove.

This went on for some time. And then one day the man went to his ranch in the mountains, and when he returned, he brought with him three young sheep. He gave one sheep to each girl.

"Tend your sheep carefully," he told each girl. "When it is full grown you can sell it and keep the money. Or, if you prefer, I'll butcher it, and the family can eat the meat—whichever you wish."

So the girls began raising their sheep. Arcía took the best care of hers. Before long, it was the fattest of the three.

❄ Así que un día Arcía le dijo a su padre: —Papá, ¿por qué no te casas con esa mujer? Es muy buena conmigo. Me da sopaipillas casi todos los días.

Su padre no quería. Le dijo: —No, mijita. Hoy nos da sopaipillas con miel, pero mañana nos dará sopaipillas con hiel.

Pero Arcía insistió: —No, papá. Es muy simpática. Debes casarte con ella. —Y convenció a su padre.

Al principio todo estaba bien. Pero después de poco tiempo las otras muchachas comenzaron a pelear con Arcía y la mujer ya no la quería y empezó a maltratarla. Compraba toda clase de cosas finas para sus propias hijas, vestidos bonitos y joyería. Pero cuando se le gastaron los zapatos a Arcía, no le compró nuevos. Arcía tenía que andar descalza.

La recámara terminó tan atestada de las bellas cosas de las hermanastras que ya Arcía no tenía dónde dormir. Tuvo que cambiarse a la cocina y dormir al lado del horno.

Así anduvieron las cosas por algún tiempo. Y luego un día el hombre fue a su rancho en la sierra y cuando regresó trajo tres borreguitos. Le dio un borreguito a cada muchacha.

—Cuida tu borreguito bien —le dijo a cada muchacha—. Cuando esté grande lo puedes vender y quedarte con el dinero. O si tú prefieres, yo lo mato y la familia puede comer la carne, lo que tú quieras.

Así que las muchachas comenzaron a criar sus borreguitos. Arcía cuidó mejor al suyo. Pronto era el más gordo de los tres.

One day she told her father, "Papá, I want you to kill my sheep and butcher it. I'm going to roast it and invite the whole village for a big supper."

So her father took the sheep and killed it. Now, back in those days, people were very poor. They couldn't afford to waste any part of an animal they had killed. They would even use the intestines—the *tripitas* they called them.

So when the man had cleaned out the sheep, he told Arcía to take the *tripitas* down to the river to wash them.

Well, for a child nowadays, that would be a very unpleasant task. But in those times they thought nothing of it. Arcía picked up the insides of her sheep and went down to the river to wash them off.

Suddenly, a big hawk swooped down out of the sky and snatched the *tripitas* from her hand. Arcía called out to the hawk, "Señor Gavilán, bring those things back to me, please."

The hawk called down to her: "Look...where...I...flyyyy..."

So she did. She looked up to see where the bird had gone. And when she looked up, down from the sky came a little gold star, and it fastened itself right onto her forehead.

She went running home, and when her stepsisters saw her, they were jealous. "Oh!" they whispered, "why shouldn't we have a gold star on our foreheads too?" And they went looking for their stepfather to have him butcher their sheep.

The first one found him and ordered him to kill her sheep. She went down to the river with the insides and began to wash them off. For a second time, the hawk swooped down and snatched them away.

❄️ Un día le dijo a su padre: —Papá, quiero que mates y carnees mi borreguito. Yo lo voy a asar e invitar a todo el pueblo a una fiesta.

Así que el padre tomó el borreguito y lo mató. Bueno, allá en esos tiempos la gente era pobre. No desechaba ninguna parte de un animal. Hasta utilizaron las entrañas, las tripitas.

Y cuando el hombre había destripado al borreguito, le dijo a Arcía que llevara las tripitas al río para lavarlas.

Bueno, a una niña de hoy día, eso le daría asco. Pero en esos tiempos todos estaban acostumbrados. Arcía tomó las entrañas del borreguito y fue al río para lavarlas.

De repente un gavilán muy grande bajó volando del cielo y le arrebató las tripitas de las manos. Arcía gritó al gavilán: —Señor gavilán, devuélvamelas, por favor.

El gavilán le respondió desde arriba: —Mira...para...donde ....vueeeelo.

Ella lo hizo. Levantó la vista para ver adónde volaba. Y cuando miró hacia arriba, cayó del cielo una estrellita de oro que se le pegó en la frente.

Fue corriendo a casa y cuando las hermanastras la vieron le tenían envidia. Se quejaron: —¿Por qué no hemos de tener una estrella de oro en la frente también? —Y se fueron en busca del padrastro para que les matara sus borreguitos.

La primera lo encontró y le mandó matar su borreguito. Fue al río con las entrañas y se puso a lavarlas. Otra vez el gavilán bajó volando y se las arrebató.

"Gavilán malvado" she screamed. "You evil bird, bring those things back to me!"

"Look…where…I…flyyyy…."

"Don't tell me where to look. I'll look wherever I please. Bring back my things this minute.

But finally she did have to look up to see where the hawk had gone. When she looked up, down from the sky came a long, floppy donkey ear, and it fastened itself to her forehead!

She ran home crying, and her mother gasped, "Bring me the scissors!" She took the scissors and snipped off the donkey ear. But a longer and floppier one grew in its place.

From that day on, everyone in the village called out *¡oreja de burro!* whenever the girl walked by. And that became her name—Donkey Ear!

But her sister hadn't heard what happened, and she was already on her way to the river with the *tripitas* from her sheep. She knelt down to wash them, and the hawk snatched them away.

"You good-for-nothing bird! Bring those back!"

"Look…where…I…flyyyy…."

"I don't have to obey you. Bring back my things this instant!"

But she too had to look up to see where the hawk had gone. When she looked up, down from the sky came a long, green cow horn, and it fastened itself to her forehead.

She ran home and her mother cried, "Bring me the saw!" She tried to saw the horn off, but the more she cut, the longer and greener it grew.

From that day on, everyone called that girl *Cuerno Verde*—Green Horn!

—¡Gavilán malvado! —gritó—. Devuélvemelas.

—Mira...para...donde....vueeeelo.

—No me digas dónde mirar. Miro dónde me dé la gana. Devuélveme lo mío ahora mismo.

Pero al fin tuvo que mirar hacia arriba para ver adónde había ido el gavilán. Cuando levantó la vista, le cayó del cielo una larga y floja oreja de burro, que se le pegó en la frente.

Corrió llorando a casa y su madre gritó: —Tráeme las tijeras. —Tomó las tijeras y le cortó la oreja de burro. Pero apareció otra oreja aún más larga y floja en el mismo lugar.

Desde aquel día, toda la gente del pueblo gritaba "¡oreja de burro!", siempre que veía pasar a la muchacha. Y ese llegó a ser su nombre.

Pero su hermana no sabía lo sucedido y fue al río con las tripitas de su borreguito. Se agachó en la orilla para lavarlas y el gavilán se las llevó.

—¡Ave del diablo! Devuélvemelas.

—Mira...para...donde....vueeeelo.

—Yo no tengo que obedecerte. Devuélveme lo mío en seguida.

Pero ella también tuvo que levantar la vista para ver dónde estaba el gavilán. Cuando miró hacia arriba, se le cayó del cielo un largo y verde cuerno de vaca, que le pegó en la frente.

Corrió a casa y Margarita dijo: —¡Tráeme el serrucho!

Tomó el serrucho y trató de cortarle el cuerno, pero entre más lo cortaba, más largo y verde se ponía.

Desde aquel día todo el mundo la llamaba "Cuerno Verde".

Now, it just so happened that right about this time the prince of that land decided that he would like to get married. But he couldn't think of a single girl living in his village who he might fall in love with.

Then he got an idea. He decided to give a big party and invite the girls from all the villages throughout the mountains, so that he could find one to be his bride.

The day of the party arrived, and Arcía helped her stepsisters get dressed in their fine gowns. She fixed their hair and tried to cover those strange things on their foreheads. Then she waved goodbye as they went off to the party. Arcía didn't even have a pair of shoes, let alone a pretty party dress, so she had to stay home.

But that night, all by herself at home, she began to feel lonely. She thought, *It won't do any harm if I just go to the palace and peek in the window and see what a grand party is like.*

So she went to the palace and crept up to the window and peeked in. When she peeked in through the window, the gold star on her forehead started to shine more brightly than the sun! It caught everyone's attention.

The prince said, "Have that girl with the gold star come in here!" And his servants ran to get Arcía.

But when Arcía saw the servants coming, she was frightened, and she ran home as fast as she could.

The next day, the prince and his servants started going from house to house, looking for the girl with the gold star. They arrived at Arcía's house, but her stepmother made her hide under the table in the kitchen and wouldn't even let her come out.

Bueno, en ese momento tocó la casualidad de que al príncipe de esa tierra se le antojó casarse. Pero no conocía a ninguna muchacha de su pueblo de quien se podía enamorar. Luego se le ocurrió una idea. Decidió hacer una gran fiesta e invitar a todas las muchachas de todas las poblaciones de la comarca, para encontrar a una novia.

Llegó el día de la fiesta y Arcía ayudó a las hermanastras a vestirse en sus vestidos hermosos. Les arregló el cabello, tratándo de ocultar esas cosas raras que tenían en la frente. Se despidió de ellas con un adiós de la mano y se fueron para la fiesta. Arcía no tenía zapatos, mucho menos un buen vestido, y tenía que quedarse en casa.

Pero esa noche, tan solita en casa, se puso triste. Pensó "no hago ningún mal si voy al palacio y miro por la ventana para ver cómo es una gran fiesta".

Así que fue al palacio y se acercó de puntillas a la ventana y miró adentro. Cuando se asomó por la ventana, la estrellita de oro que tenía en la frente comenzó a brillar más fuerte que el sol. Llamó la atención de toda la gente.

El príncipe dijo: —Hagan entrar a la muchacha con la estrella. —Y los sirvientes corrieron a traer a Arcía.

Pero cuando Arcía vio acercarse a los sirvientes, se asustó y se fue corriendo a casa.

Al otro día el príncipe y sus sirvientes iban de casa en casa buscando a la muchacha con la estrellita de oro. Llegaron a la casa de Arcía, pero la madrastra la mandó meterse debajo de la mesa en la cocina y le ordenó que no saliera.

The woman introduced her own daughters: "Your Majesty, perhaps these are the girls you are looking for. Aren't they lovely young women?"

The prince looked at the girls and saw the donkey ear and the cow horn on their foreheads.

"No! I don't think those were the girls I had in mind." He started backing toward the door.

But just as he reached the door, the cat came up and rubbed against his ankle. The cat said, *"Ñaaauuu, ñaaauuu. Arcía debajo de la mesa está."*

"What?" demanded the prince. "Did the cat say someone is under the table?"

"No," laughed the woman. "The cat's just hungry." She picked it up and threw it outside.

But the cat came back and rubbed against his other ankle. *"Ñaaauuu. Arcía debajo de la mesa está."*

The prince insisted, "The cat says someone is under the table. Who is it?" And he sent his servants to find out.

When Arcía saw the servants approach, she stood up. When she stood up, her ugly, dirty old clothes turned into a beautiful gown. The prince fell in love with her immediately and asked her to marry him.

Arcía said she would. And a few days later the wedding celebration began. It lasted for nine days and nine nights—and the last day was better than the first. And everyone was invited—even the mean old stepmother and her two daughters: *Cuerno Verde* and *Oreja de Burro.*

La mujer presentó a sus propias hijas: —Su Majestad, quizás sean éstas las muchachas a quien usted busca. ¿Qué no son muy lindas?

El príncipe las miró y vio la oreja de burro y el cuerno de vaca que tenían en la frente.

—¡No! No creo que sean las muchachas que me interesaban. —Y dio pasos para atrás hacia la puerta.

Pero cuando llegó a la puerta, el gato se le acercó y se rozó contra su tobillo. El gato dijo:

—Ñaaauuu, ñaaauuu, Arcía debajo de la mesa está.

—¿Qué? —dijo el príncipe—. ¿Dice el gato que alguien está debajo de la mesa?

—No —dijo la mujer riendo—. Es que el gato tiene hambre. —Lo agarró y lo echó afuera.

Pero el gato volvió y se rozó contra el otro tobillo del príncipe.

—Ñaaauuu. Arcía debajo de la mesa está.

El príncipe insistió: —El gato dice que hay alguien debajo de la mesa. ¿Quién es? —Y dijo a sus sirvientes que averiguaran.

Cuando Arcía vio acercarse a los sirvientes, se puso de pie. Cuando se levantó, su ropa fea y sucia se convirtió en una vestidura hermosa. El príncipe se enamoró de ella al momento y le pidió que se casara con él.

Arcía le dijo que sí. Y a los pocos días comenzó la fiesta de bodas. La fiesta duró nueve días con sus nueve noches, y el último día fue mejor que el primero. Y todo el mundo fue invitado, hasta la madrastra envidiosa y las dos hijas "Cuerno Verde" y "Oreja de Burro".

THE WEEPING WOMAN
LA LLORONA

H ere is the best-known story in the Southwest. And it is known all over Mexico as well. Wherever you hear it, the teller will swear that it happened in that very town, so no one can say where it really took place or whether it truly happened at all.

Este cuento es el más conocido de todo el suroeste de los Estados Unidos. Es muy conocido en todo México también. Dondequiera que lo oigas, el cuentero va a jurar que ocurrió por ahí cerca de donde vive él, así que ya es imposible precisar dónde tuvo lugar o si sucedió de verdad.

There are many ways of telling the tale, but everyone agrees that it started a long time ago in a tiny little village.

Living in that village was one girl who was far prettier than any other. Her name was María. People said María was certainly the prettiest girl for five hundred miles around. She might even be the most beautiful girl in the world. And because María was so beautiful, she thought she was better than everyone else.

María came from a hard-working family. They had a good house. They provided her with pretty clothes to wear. But she was never satisfied. She thought she deserved far better things.

When María became a young woman, she would have nothing to do with the young men of her village. They weren't good enough for her.

Often as she was walking with her grandmother through the countryside surrounding her village, she would say, "Abuelita, when I get married, I'll marry the most handsome man in the world."

The grandmother would just shake her head. But María would look out across the hillside and go on, "His hair will be as black and shiny as the raven I see sitting on that piñon tree. And when he moves, he will be as strong and graceful as the stallion my grandpa has in his corral."

"María," the old woman would sigh, "why are you always talking about what a man looks like? If you're going to marry a man, just be sure that he's a good man. Be sure he has a good heart in him. Don't worry so much about his face."

But María would say to herself, "These old people! They have such foolish old ideas. They don't understand."

❄️ Hay muchas formas de contar el cuento, pero todos están de acuerdo que comenzó hace mucho tiempo en un pueblo muy chiquito.

En aquel pueblito vivía una muchacha que era mucho más linda que todas las demás. Se llamaba María. Todo el mundo decía que sin duda María era la muchacha más bonita en quinientas millas a la redonda. Incluso podía ser la más hermosa de todo el mundo. Y como María era tan linda, se creía superior a la demás gente.

La familia de María era buena, muy trabajadora. Vivía en una buena casa. Le proporcionaba ropa bonita a su hija. Pero María no se daba por satisfecha. Creía que merecía algo mucho mejor.

Cuando María ya era mujercita, no quería tener nada que ver con los jóvenes de su pueblo. No eran bastante buenos para ella.

Muchas veces cuando se paseaba con su abuelita por las afueras del pueblo, decía: —Abuelita, cuando yo me case, voy a casarme con el hombre más guapo del mundo.

La abuela movía la cabeza. Pero María miraba a través de la ladera y decía: —Va a tener el pelo tan negro y reluciente como el cuervo que veo posado en aquel piñón. Y cuando se mueva, va a mostrar la fuerza y la gracia del caballo que mi abuelito tiene en su corral.

—María —decía la anciana suspirando—, ¿por qué piensas siempre en cómo se ve un hombre? Si vas a casarte con un hombre hay que asegurarte de que sea un buen hombre, de que tenga buen corazón. No te fijes tanto en lo guapo que es.

Pero María se decía: —Estas viejitas. Tienen las ideas tan anticuadas. No entienden nada.

Then one day a man who seemed to be just the one María was always talking about came to her village. His name was Gregorio. He was a cowboy from the llano east of the mountains. He could ride anything. In fact, if he was riding a horse and it got well trained, he would give it away and go rope a wild horse. He thought it wasn't manly to ride a horse unless it was half wild. He was so handsome that all the girls were falling in love with him. He could play the guitar and sing beautifully. María made up her mind that this was the man she would marry.

But she didn't show how she felt. If they passed on the street and Gregorio greeted her, she would look away. If he came to her house and played his guitar and sang, she wouldn't even come to the window.

Before long, Gregorio made up his own mind. "That haughty, proud girl María," he told himself. "That's the girl I'll marry. I can win her heart!"

Everything turned out just as María had planned.

María's parents didn't like the idea of her marrying Gregorio. "He won't make a good husband," they told her. "He's used to the wild life of the plains. Don't marry him."

Of course, María wouldn't listen to her parents. She married Gregorio. And for a time things were fine. They had two children.

But after a few years, Gregorio went back to his old ways. He would be gone for months at a time. When he returned, he would say to María, "I didn't come to see you. I just want to visit my children for a while."

Un día llegó al pueblo un hombre que parecía ser el mero hombre de quien María hablaba. Se llamaba Gregorio. Era un vaquero del llano al este de la sierra. Sabía montar cualquier bestia. Si tenía un caballo que se amansaba mucho, lo regalaba y se iba para capturar un caballo salvaje. Pensaba que no era varonil montar un caballo que no fuera medio bronco.

Era tan guapo que todas las muchachas andaban enamorándose de él. Tocaba la guitarra y cantaba con buena voz. María decidió que ése era el hombre con quien se iba a casar.

Pero disimulaba sus sentimientos. Si se encontraban en la calle y Gregorio la saludaba, María volteaba la cara. Si venía a su casa para tocar su guitarra y cantar, ella ni siquiera se asomaba a la ventana.

Al poco tiempo Gregorio también se decidió. Se dijo: —Esa orgullosa de María. Es con ella que me voy a casar. Yo puedo conquistar su corazón.

Todo resultó tal y como María lo había planeado.

Los padres de María no querían que se casara con Gregorio. Le dijeron: —Él no puede ser buen marido. Está acostumbrado a la vida bárbara del llano. No te cases con él.

Por supuesto María no les hizo caso a sus padres. Se casó con Gregorio. Por algún tiempo todo andaba bien. Tuvieron dos hijos.

Pero después de varios años, Gregorio volvió a su antigua manera de ser. Se mantenía fuera de casa por meses a la vez. Cuando regresaba a casa le decía a María: —Yo no vine a verte a ti. Quiero pasar un rato con mis hijos nomás.

He would play with the children and then go off to the cantina to gamble all night long with his friends and drink wine. And he began to say he was going to put María aside so that he could marry a rich woman.

As proud as María was, she became very jealous. She even began to feel jealous of her own children, because Gregorio paid attention to them but ignored her.

One evening, María was standing out in front of her house with her two children beside her when Gregorio came riding by in a carriage. An elegant woman sat on the seat beside him. He stopped and spoke to his children, but didn't even look at María. He just drove on up the street.

At the sight of that, something just seemed to burst inside María. She felt such anger and jealousy and it all turned against her children. She grabbed her two children by the arm and dragged them along with her to the river. And she threw her own children into the water!

But as they disappeared with the current, María realized what she had done. She ran along the bank of the river, reaching out her arms, as though she might snatch her children back from the water—but they were long gone.

She ran on, driven by the anger and guilt that filled her heart. She wasn't paying attention to where she was going, and her foot caught on a root. She tripped and fell forward. Her forehead struck a rock, and she was killed.

The next day her parents looked all over town for her. Then someone brought the word that her body was lying out there on the bank of the river.

❄ Jugaba con los hijos por un tiempo, y luego se iba para pasar toda la noche jugando a las cartas con sus amigos y tomando vino. Y empezó a decir que iba a dejar al lado a María para casarse con una mujer rica.

Siendo lo orgullosa que era, María se puso muy celosa. Hasta empezó a tenerles envidia a sus propios hijos, porque Gregorio les prestaba atención, pero a ella la desairaba.

Una tarde María se encontraba parada frente a su casa con los dos hijos a su lado cuando Gregorio pasó en un coche ligero. Una dama elegante estaba sentada a su lado. Paró el coche y habló con sus hijos, pero ni siquiera le echó un vistazo a María. Siguió su camino calle arriba.

Al ver eso, era como si algo se le reventara por dentro a María. Sintió tanto enojo y tanta envidia y todo el mal sentimiento se dirigió contra sus hijos. Agarró a los dos hijos por el brazo y los arrastró hasta el río. ¡Y arrojó al agua a sus propios hijos!

Pero cuando los vio desaparecer con la corriente, se dio cuenta de lo que había hecho. Corrió por la orilla del río, alargándoles los brazos como si pudiera sacarlos de las aguas; pero ya estaban perdidos.

Siguió corriendo, arreada por el enojo y la vergüenza que le llenaban el corazón. No se fijaba en donde caminaba y un pie se le enganchó en una raíz. Tropezó y se cayó hacia adelante. Su frente chocó contra una piedra y quedó muerta.

Al otro día sus padres la buscaron por todo el pueblo. Luego alguien trajo la noticia de que su cuerpo estaba tendido allá en la orilla del río.

Her parents found her, but because of what she had done, she couldn't be buried in the sacred ground of the cemetery. Her parents buried her there on the riverbank where she had fallen.

But from the first night she was in the grave, she wouldn't rest at peace. She would rise up and go walking along the bank of the river. They saw her moving through the trees, dressed in a long, winding white sheet, the way a body would be dressed for burial in those times.

And they heard her crying and crying through the night. Sometimes they thought it was the wind. But at other times they were sure they could hear the words she was saying: *"Aaaaaiiii...mis hijos.... ¿Dónde están mis hijos?....* Where are my children?"

She went all up and down the banks of the river, through all the arroyos to the base of the mountains and back down.

Night after night they saw her and heard her. Before long, no one spoke of her as María any longer. They called her *La Llorona,* the Weeping Woman.

And they told the children, "When it gets dark, you get home. La Llorona is out looking for her children. She's so crazy, if she sees you, she won't know if it's you or her own child. She'll pick you up and carry you away! We'll never see you again."

The children heed that warning. They may play along the rivers and arroyos during the daytime, but when the sun sets, they hurry home!

✦◆◇◆◇◆◇◆✦

Sus padres la encontraron, pero a causa de lo que había hecho no la pudieron enterrar en tierra sagrada. La enterraron ahí en la orilla del río donde la habían encontrado.

Pero desde la primera noche que estaba en la tumba no conciliaba la paz. Se levantaba e iba caminando por la orilla del río. La veían pasar por entre los árboles, vestida en un manto largo y retorcido, como vestían a un muerto para enterrarlo en aquellos tiempos.

Y la oían llorar y llorar através de la noche. A veces pensaban que era el viento. Pero otras veces estaban seguros de que captaban las palabras que decía: —Aaaaayyyy...mis hijos.... ¿Dónde están mis hijos...?

Iba caminando de arriba para abajo por toda la orilla del río, y subía todos los arroyos hasta la falda de la sierra y luego bajaba.

Noche tras noche la veían y la oían. Al poco tiempo ya nadie la llamaba María. Le pusieron "La Llorona".

Y decían a los niños: —Cuando se oscurece, métanse dentro de la casa. La Llorona está por aquí buscando a sus hijos. Anda tan loca que si te ve, te va a tomar por uno de sus propios hijos. Te va a agarrar y te va a llevar. Nunca te volveremos a ver.

Todavía hoy los niños toman esa advertencia muy en serio. Juegan cerca de los ríos y los arroyos durante el día, pero tan pronto se pone el sol, corren a casa.

Many tales are told of children who narrowly escaped being caught by La Llorona. One is about a boy who didn't believe she existed.

"Do you believe that nonsense?" he would ask his friends. "That's just a story parents made up to frighten children."

One evening the boys were playing out on the bank of the river and it began to grow late.

"It's getting dark," the other boys said. "We'd better get home."

But not that one boy. "No," he said. "I'm having fun. I'll stay out here a while longer."

The other boys couldn't believe what they were hearing. "Aren't you afraid of La Llorona?" they asked.

The boy laughed. "La Llorona!" he said. "There's no such thing."

The other boys went home and left that one boy by himself. He had a good time throwing sticks into the river and hitting them with rocks as they floated past. It grew dark. The moon rose.

Suddenly, the boy felt cold all over, as though an icy wind were blowing through his clothes. And all around him there were dogs barking. He looked around and saw a white shape coming toward him through the trees.

He tried to run, but somehow his legs had no strength in them. He couldn't move. He sat there trembling as the shape drew nearer. And he could hear the high, wailing voice, *"Aaaaiiii . . . mis hijoooos . . ."*

✳️ Hay muchos cuentos de niños que por muy poco los agarra La Llorona. Uno se trata de un muchacho que no creía que La Llorona existía.

Les decía a sus amigos: —¿Ustedes no creen en esa tontería, verdad? Es algo que inventaron los padres para darles susto a sus hijos.

Una tarde estaban los muchachos jugando en la orilla del río y se les hizo tarde.

—Mira —dijeron los otros—. Está oscureciendo. Mejor regresemos a casa.

Pero aquel muchacho dijo: —No. Aquí me la paso bien. Quiero quedarme un poco más.

Los otros muchachos no podían creer lo que oían—. ¿Tú no tienes miedo de La Llorona? —le preguntaron.

El muchacho se rió: —¡La Llorona! —dijo—. La Llorona no existe.

Los otros muchachos se fueron a casa y dejaron a aquel muchacho allí solo. Él se divirtió tirando palos al río y dándoles pedradas cuando pasaban flotando. Se oscureció. Salió la luna.

De pronto el muchacho sintió frío en todo el cuerpo, como si un aire helado le penetrara la ropa. A todos lados ladraban perros. Miró alrededor y vio un bulto blanco que se le acercaba por entre los árboles.

Trató de correr, pero sus piernas ya no parecían tener fuerza. No podía moverse. Se quedó ahí temblando mientras el bulto le venía más cerca. Y oía una voz alta y lamentadora: —Aaaaiiii...mis hijoooos...."

Still he couldn't move. He crouched low, hoping she wouldn't see him. But suddenly she stopped. "Mijo!" she cried, "my child!" And she came toward him.

His face was as white as the sheet that La Llorona was wearing! But still he couldn't run. She approached him and reached out her hands with long, crooked fingers and took hold of his shoulders. When La Llorona's fingers touched his shoulders, it felt like icicles were cutting into the flesh!

Just then, when La Llorona was about to pick him up and carry him away, back in the town the church bell started to ring, calling the people to Mass. When the church tolled, a prayer came into the boy's mind. He said, *"¡Ave, Maria Purísima!,"* which is a prayer to the Virgin Mary. When he said those words, La Llorona dropped him and disappeared into the trees.

The boy sat there for a long time, gathering his strength and courage together. Finally he was able to run home. When he got home, his mother was furious. "Where have you been?" she demanded. "You should have been home hours ago!"

The boy stuttered and stammered, *"M-m-mamá... ¡La Llorona!"*

His mother told him, "Don't go making up stories about La Llorona. You should have been home a long time ago."

She was going to give him a good shaking. But when she reached out to take hold of his shoulders, she noticed that on each shoulder there were five round, red marks—like five bloodstains. They had been left by la Llorona's fingers!

Then she believed him. She took that shirt and washed it over and over. She tried every trick she knew. But she never could remove those stains.

Todavía no pudo moverse. Se agachó muy bajo, esperando que no lo viera. Pero de repente ella se paró—. ¡Mijo! —gritó y le vino encima.

La cara del muchacho estaba tan blanca como el manto que llevaba La Llorona, pero no pudo correr. Se acercó y le extendió las manos con dedos largos y chuecos y lo tomó por los hombros. Cuando los dedos de la Llorona le tocaron los hombros, era como si se le clavaran carámbanos en la carne.

En eso, cuando La Llorona estaba a punto de levantarlo y llevárselo, allá en el pueblo la campana de la iglesia comenzó a doblar, llamando a la gente a que viniera a la misa. Cuando sonó la campana de la iglesia, una bendición le vino a la mente al muchacho. Dijo: —¡Ave, María Purísima! —Cuando el muchacho dijo esas palabras, La Llorona lo soltó y se perdió entre los árboles.

El muchacho tardó gran rato en cobrar fuerza y ánimo. Al fin pudo correr a casa. Cuando llegó a casa su mamá estaba furiosa. Le dijo: — ¿Dónde has estado? Debiste estar en casa hace horas.

El muchacho balbuceó: —M-m-mamá.... ¡La Llorona!

Su madre le dijo: —No inventes mentiras de La Llorona. Debiste estar aquí hace mucho.

Iba a darle una buena sacudida, pero cuando le extendió las manos para agarrarlo por los hombros, se dio cuenta de que en cada hombro había cinco manchas rojas y redondas, como cinco manchas de sangre. Las habían dejado los dedos de La Llorona.

Entonces le creyó. Tomó la camisa y la lavó repetidas veces. Se valió de todo lo que sabía hacer para limpiar ropa, pero no pudo quitar las manchas de la camisa.

She carried that shirt all around the neighborhood and showed it to the children. "Look here," she said. "You count these spots—one...two...three...four...five! Those stains were left by La Llorona's fingers! La Llorona can carry children away. When it gets dark, you get home!"

And you can be sure that the children in that neighborhood got home when it got dark. But no one seems to know what became of the shirt, so who can say if the story is true?

❄ Luego llevó la camisa por todo el barrio y se la mostró a los niños. Les dijo: —Miren. Pueden contar estas manchas: una, dos, tres, cuatro, cinco. Estas manchas las dejaron los dedos de La Llorona. La Llorona puede llevarse a los niños. Cuando se oscurezca, métanse en la casa.

Y puedes estar seguro de que los niños de aquel barrio regresaban a casa al anochecer. Pero parece que nadie sabe adónde fue a parar la camisa, así que no hay forma de verificar esta historia.

JUAN CAMISÓN

ᐁᐧᑌᐧᐁᐧᑌᐧᐁᐧᑌᐧᐁᐧᑌᐧᐁᐧᑌᐧᐁᐧ

There was once a poor woman who had a lazy son. The hardest thing he did each day was to decide whether to stay in bed late or get up early so that he'd have more time to lie around and do nothing.

On winter mornings the old woman would wake up cold and call to her son to get up and see if the fire was still burning: *"Juanito, levántate, por favor. Mira a ver si hay lumbre."*

ᐁᐧᑌᐧᐁᐧ

❄ Había una vez una mujer pobre que tenía un hijo muy flojo. El único esfuerzo que hacía cada día era determinar si prefería guardar cama hasta tarde o levantarse temprano para tener más tiempo para holgazanear y no hacer nada.

Muchas mañanas en el invierno la mujer se despertaba con frío y se preguntaba si se había apagado la chimenea. Llamaba a su hijo: —Juanito, levántate, por favor. Mira a ver si hay lumbre.

Lazy Juan would call the cat—*pssst, psst.* And when he felt that the cat's side was warm, he'd know that the fire was still burning. *"Sí, mamá,"* he would yawn. *"Sí, hay lumbre."* And he'd roll over and go back to sleep.

On summer mornings, the poor woman's first thought was of her garden where she raised what little food they had to eat. As soon as she awoke she'd ask her son to go see if it had rained during the night. *"Juanito, mira a ver si cayó agua."*

But Juan wouldn't get up. He would just whistle for the dog and feel its fur. When he felt that the fur was wet, he'd say, *"Sí, mamá, cayó agua."*

So you see how lazy Juan was. But in spite of that, and even though there was little in the house to eat, he grew to be a very large boy. He grew so large, in fact, that his mother couldn't afford to buy him proper clothes. She dressed him in a long shirt that hung to his knees, and that was all he wore.

Because of his strange clothes, people started calling him Juan Camisón—Big Shirt Juan. Whenever he walked out, the children would dance along behind him chanting:

Juan Camisón, ¡te falta pantalón!

Juan Camisón, you've got no pants on!

Finally Juan got so big that his mother couldn't feed him any longer, and she sent him out into the world to earn his own living.

Juan started down the road, and when he had been walking for about an hour, he saw an old sombrero that someone had thrown away by the side of the road. Juan picked up the hat and put it on his head, thinking he looked quite fine in it.

El flojo de Juan llamaba al gato: *pssst, pssst.* Y cuando sentía que el costado del gato estaba calientito, sabía que la lumbre todavía estaba viva. Bostezaba y decía: —Sí, mamá. Sí, hay lumbre. —Y se volvía a dormir.

En las mañanas del verano, lo primero que pensaba la pobre mujer cuando se despertaba era en la hortaliza que les proporcionaba lo poco que tenían que comer. Tan pronto se despertaba quería saber si había llovido durante la noche. Llamaba: —Juanito, mira a ver si cayó agua.

Pero Juan no se levantaba. Nomás chiflaba para llamar al perro y palparle el pellejo. Si sentía que el pelo estaba mojado decía: —Sí, mamá, cayó agua.

Así de perezoso era este Juan. Pero a pesar de eso, y aunque había poco que comer en la casa, se convirtió en un muchacho grandote. Efectivamente, llegó a ser tan grande que su mamá ya no podía comprarle ropa. Lo vestía en una camisa que le llegaba a las rodillas, y esa era toda la ropa que usaba.

Por esa ropa tan rara la gente lo apodaba Juan Camisón. Siempre que salía al pueblo los niños lo seguían bailando y cantando:

—Juan Camisón, ¡te falta pantalón!

Juan creció tanto que su mamá ya no podía darle de comer y lo mandó irse de la casa para que buscara la forma de ganarse la vida.

Juan se fue por el camino y después de caminar por una hora vio un sombrero viejo que alguien había botado al lado del camino. Juan tomó el sombrero y se lo puso. Pensó que se veía muy guapo.

A short way farther down the road Juan saw a spring by the side of the road and thought he'd get a drink. But when he stooped down to drink, he saw several flies in the mud by the water's edge.

"Ho!" said Juan. "I'm not going to share my water with flies." And he took off his hat and swatted those flies.

What a good hit! Juan counted the flies he had killed and there were seven of them! He felt very proud of himself and wanted the world to know how great he was. So he took some of the mud from beside the spring and wrote on his sombrero:

> *Soy Juan Camisón*
> *¡Que mata a siete de un arrempujón!*
> I'm Juan Camisón
> Who kills seven at a blow!

And after all that work, Juan was tired and decided to take a nap. He leaned against a tree, and pulled his sombrero down over his face and went to sleep.

While he was asleep, the king's messenger happened to come riding by. He saw Juan sleeping against a tree and thought that he had never seen such a big man. Then he read the words on Juan's sombrero. "What's this?" he said to himself. "A man who kills seven with one blow! That's just the sort of man I'm looking for."

For you must know that the king was fighting a bitter war with an enemy king, and his only hope of victory had rested on a strong man named Macario. But the enemy had found a way to poison Macario's food, and the champion died. The king had sent his messenger to search for a new hero—and here was a man who killed seven with one blow!

Un poco más adelante Juan vio un ojo de agua junto al camino y pensó en beber un poco. Pero cuando se agachó, vio muchas moscas en la orilla del manantial.

—¡Jo! —dijo Juan—. Yo no comparto mi agua con moscas. —Se quitó el sombrero y les propinó un sombrerazo.

¡Qué buen golpe! Juan contó las moscas que había matado y eran siete. Se sintió muy orgulloso y quería que todo el mundo supiera lo bravo que era. Tomó lodo del manantial y escribió en el sombrero:

Soy Juan Camisón

¡Que mata a siete de un arrempujón!

Después de trabajar tanto, Juan estaba cansado y decidió echarse una siesta. Se recostó contra un árbol, se caló el sombrero sobre la cara y se durmió.

Mientras dormía, tocó la casualidad de que el mensajero del rey vino cabalgando. Vio a Juan dormido contra el árbol y pensó que nunca había visto a un hombre tan grande. Luego leyó las palabras escritas en el sombrero de Juan.

—¡Qué cosa es ésta! —se dijo—. ¡Un hombre que mata a siete de un solo golpe! Es justamente el tipo de hombre que busco.

Lo que pasaba era que el rey estaba metido en una guerra desesperada contra otro rey enemigo y su única esperanza de salir triunfante había dependido de un fuerte hombrote llamado Macario. Pero el enemigo le había envenenado la comida a Macario y el héroe estaba muerto. El rey le había encargado al mensajero encontrar un nuevo campeón, y aquí se presentaba un hombre capaz de matar a siete de un solo golpe.

The messenger galloped back to tell the king of his find. The king himself rode out to ask Juan Camisón to be his new champion. Before Juan knew what was happening, he found himself with the king's army at the battlefield being dressed for combat.

The general sent for a suit of armor for Juan, but the only armor big enough to fit him was that of the dead hero Macario. And the only horse strong enough to carry Juan was Macario's own charger.

So Juan Camisón was dressed in Macario's armor and hoisted into the saddle. Poor Juan Camisón! He had never ridden a horse before. He swayed back and forth in the saddle and clung to the horse's mane with both hands.

And that horse was so fierce and battle-crazy that when he saw the enemy army, he reared up and then charged at full gallop.

Juan bounced up and down in the saddle, flopping from one side of the horse to the other. All the while he was screaming to his companions that he was falling. *"¡Me caigo-o-o! ¡Me caigo-o-o!"*

"I'm falling! I'm falling!" he continued to scream as the horse raced across the battlefield toward the enemy, and his arms and legs thrashed wildly in the air.

When the enemy saw him, they couldn't believe their eyes. They thought they had killed Macario, but here was this wild man charging furiously toward them with horse and armor they recognized as Macario's. When he drew nearer, they could hear his screams. *"¡Me caigo-o-o! ¡Me caigo-o-o!"*

But to them it sounded as though he was shouting, "Macario! Macario!"

El mensajero regresó a todo galope para avisar al rey del hallazgo. El propio rey fue donde estaba Juan para pedirle que fuera el nuevo campeón. Antes que Juan se diera cuenta se encontraba en el campo de batalla con el ejército del rey y lo estaban vistiéndo para el combate.

El general mandó traer armamento para Juan, pero lo único que le venía era lo del difunto Macario. Y el único caballo con fuerza suficiente para sostener el peso de Juan era el caballo de Macario.

Así que vistieron a Juan con el armamento de Macario y lo subieron a la silla. ¡Pobre de Juan Camisón! Nunca antes había montando un caballo. Daba tumbos de un lado para el otro en la silla y se aferró de la crin del caballo con las dos manos.

Aquel caballo era una fiera para la batalla y cuando vio el ejército enemigo se paró en las patas traseras y se lanzó al ataque.

Juan rebotaba de arriba abajo y de un lado para el otro en la silla y gritaba a sus compañeros: —¡Me caigo-o-o! ¡Me caigo-o-o!

Batía el aire con los brazos y las piernas mientras el caballo lo llevaba a toda carrera hacia el enemigo.

Cuando los soldados enemigos lo vieron, no lo podían creer. Creían que habían matado a Macario, pero ahora venía este hombre a todo galope, montado en el caballo y vestido con el armamento que reconocían como los de Macario. Luego, cuando llegó más cerca oían que gritaba: —¡Me caigo-o-o! ¡Me caigo-o-o!

Pero ellos lo tomaron por: "¡Macario! ¡Macario!"

"Do you hear that?" they said to one another. "He's shouting his name. It's Macario. He's returned from the dead. He wants us to know he's coming for revenge! Who can fight a man who overcomes death itself?" They started to retreat.

Just then Juan's horse took him past a small tree. Juan reached out and grabbed the trunk to pull himself from the saddle, but the tree had shallow roots and came out of the ground in his hands. He charged on, flailing the tree madly about his head.

"Look!" cried the enemy soldiers. "He's pulling the very trees up by the roots. Run for your lives!" And they all turned and fled.

When the enemy king got word of what had happened on the battlefield, he sent messages of peace immediately and returned to his own country.

Juan Camisón was presented to his own king and richly rewarded with gold. He took all his money home to his old mother and she danced up and down in her joy.

But as for Juan Camisón—he went back to bed, and he's probably sleeping there still.

—¿Lo oyen? —dijeron los unos a los otros—. Grita su nombre. Sí es Macario. Ha resucitado. Quiere que sepamos que viene para vengarse. ¿Cómo podemos con un hombre que puede vencer a la muerte? —Y decidieron abandonar el campo.

En eso, el caballo de Juan lo llevó junto a un pequeño árbol. Juan agarró el tronco para salir de la silla, pero el árbol tenía pocas raíces y salió de la tierra en las manos de Juan. Siguió su carga agitando el árbol sobre la cabeza.

—¡Mira! —gritaron los enemigos. —Viene desarraigando los árboles. ¡A correr! ¡Sálvese quién pueda! —Y todos abandonaron el campo.

Cuando el rey enemigo supo lo que había sucedido en el campo de batalla, envió peticiones de paz al rey de Juan y regresó a su propio reino.

Presentaron a Juan ante su rey y éste lo recompensó con mucho oro. Juan llevó el oro a casa y se lo dio a su madre. La viejita se echó a bailar de alegría.

Pero en cuanto a Juan Camisón, se fue a acostar en la cama, y probablemente se encuentra ahí durmiendo todavía.

THE PRINCE
EL PRÍNCIPE

There is an old story about a young man whose father was a king and whose mother was a queen. Of course, that means he was a prince. Then his father and his mother died, so he should have become king. But in his land they had a law which said you had to be married to be the king. He didn't have a wife.

Then the prince heard about a king in a faraway country who had a beautiful daughter, so he thought he would go there and see if she would marry him. He loaded four mules with gold and started on his long journey.

Hay un viejo cuento de un joven que era hijo de un rey y una reina. Así que el joven era un príncipe. Luego se le murieron el padre y la madre y debió haberse convertido en rey. Pero en esa tierra había una ley muy dura que exigía que uno estuviera casado para ser rey. El príncipe no tenía esposa.

Luego el príncipe oyó hablar de un rey en una tierra lejana que tenía una hija hermosa y decidió ir allá para ver si ella se quería casar con él. Cargó tres mulas de oro y emprendió el largo viaje.

He had been traveling for three days when he came to a clearing in the forest. He saw a big man working with an ax, cutting firewood. The man had made thirty stacks of firewood. But when the prince looked all around he didn't see any animals—no oxen or mules or burros—to take the firewood home.

The prince went up to the man and said, "How are you going to get this firewood home?"

The man looked puzzled. "Get it home?" he asked. "I'll carry it home."

The prince was amazed. "You can carry thirty stacks of firewood?"

"Of course I can. My name is *Carguín-Cargón*. I can carry anything." He picked up the thirty stacks of firewood and carried them home on his shoulders.

When the prince saw how strong the man was, he asked him to work as a servant and offered to pay him with gold. So *Carguín-Cargón* became a servant of the prince, and they traveled along together.

Three days later, they came to a mountain. Sitting at the foot of the mountain was a young man. As they watched, the young man jumped up and ran off toward the east. They had hardly blinked their eyes, when he came back from the west.

They went up to him and said, "Did you really do what it looked like you did? Did you run clear around that mountain in the blink of an eye?"

The man shrugged. "Of course I did. My name is *Corrín-Corrón*. I can run faster than that when I want to."

❄️ Después de tres días de caminar llegó a un claro en el bosque. Vio a un hombrote que trabajaba con un hacha, rajando leña. El hombre ya había amontonado treinta pilas de leña. Pero el príncipe miró a todos lados y no vio ninguna bestia —ni buey, ni mula, ni burro— con que llevar la leña a casa.

El príncipe fue al hombre y le dijo: —¿Cómo vas a llevar esta leña a casa?

El hombre se mostró perplejo—. ¿Llevarla a casa? —le preguntó—. Yo mismo la puedo trasladar.

El príncipe se admiró. Dijo: —¿Quieres decir que tú puedes cargar con treinta montones de leña?

—Claro que puedo. Mi nombre es Carguín-Cargón. Yo puedo cargar con todo. —Y levantó las treinta pilas de leña y se las llevó a casa en los hombros.

Cuando el príncipe vio lo fuerte que era el hombre, le pidió que trabajara para él como sirviente y le ofreció pagar con oro. Así que Carguín-Cargón se hizo sirviente del príncipe y se encaminaron juntos.

Tres días después llegaron a una montaña. Sentado al pie de la montaña había un hombre. Mientras lo contemplaban el hombre se puso de pie y se fue corriendo hacia el este. En un abrir y cerrar de ojos regresó corriendo desde el oeste.

Se le acercaron y le dijeron: —¿Será cierto que hiciste lo que pareciste hacer? ¿Diste una vuelta entera a la montaña en un solo parpadeo?

El hombre se encogió de hombros—. Claro que sí. Mi nombre es Corrín-Corrón. Puedo correr aun más ligero si quiero.

So the prince hired him to be his servant also. And they traveled along together—the prince, *Carguín-Cargón* and *Corrín-Corrón*.

Three days later they saw a man with a rifle, taking careful aim. But when they looked about they couldn't see what he was going to shoot at. They walked up to him and asked, "What are you going to shoot?"

He told them, "There's a fly sitting on a tree about two miles away. I'm going to shoot his left eye out!"

"You can shoot that well?"

"Of course I can. My name is *Tirín-Tirón*. I never miss anything I shoot at."

The prince hired him to be his servant. They all traveled together—the prince, *Carguín-Cargón, Corrín-Corrón,* and *Tirín-Tirón*.

Three days later they saw a man lying with his ear against the ground, listening. They stepped up quietly and whispered, "What are you listening for?"

He hushed them. "Shhh. Over in China, a woman dropped a needle on the ground. I'm listening to it bounce."

"You can hear a needle drop on the other side of the world?"

"Of course. My name is *Escuchín-Escuchón*. I hear everything in this world and the other world too."

The prince hired him to be his servant, and they all traveled along together—the prince, *Carguín-Cargón, Corrín-Corrón, Tirín-Tirón,* and *Escuchín-Escuchón!*

✻ Así que el príncipe lo contrató de sirviente también. Y todos se encaminaron juntos: el príncipe, Carguín-Cargón y Corrín-Corrón.

A los tres días vieron a un hombre que apuntaba un rifle con gran empeño. Pero miraron alrededor y no vieron a qué iba a tirar. Se le acercaron y le preguntaron: —¿A qué estás apuntando?

Les respondió: —Hay una mosca en un árbol allá a dos millas de lejos. Yo le voy a volar el ojo izquierdo.

—¿Verdad que puedes tirar con tanta puntería?

—Por supuesto que sí. Mi nombre es Tirín-Tirón. Nunca fallo en dar con lo que apunto.

El príncipe lo contrató de sirviente. Todos se encaminaron juntos: el príncipe, Carguín-Cargón, Corrín-Corrón y Tirín-Tirón.

Tres días más tarde vieron a un hombre echado en el suelo con la oreja pegada a la tierra. Se le acercaron de puntillas y susurraron: —¿Qué estás escuchando?

El hombre los calló. —*Chiz*. Allá en la China una mujer ha dejado caer una aguja. La oigo rebotar en la tierra.

—¿Tú puedes captar la caída de una aguja al otro lado del mundo?

—Claro. Mi nombre es Escuchín-Escuchón. Oigo todo en este mundo y en el otro mundo también.

El príncipe lo contrató y todos se encaminaron juntos: el príncipe, Carguín-Cargón, Corrín-Corrón, Tirín-Tirón y Escuchín-Escuchón.

Three days later, they came to the faraway kingdom. But they found out that the king was very jealous and didn't want any man to marry his daughter. If a man came there wanting to marry her, he would have to pass some very difficult tests.

First, he would have to run a race with the princess. She was a fast runner, and if he lost the race, the king would cut off his feet. Already two hundred young men had lost their feet!

But the prince went to the king and said, "I'm not worried at all about the race. It will be so easy, I'll just let my servant run in my place."

The king said, "Are you sure? My daughter is a very swift runner!"

The prince waved his arm. "I'm not one bit concerned. My servant can just run in my place."

The next morning you can guess who stood at the starting line: the runner—*Corrín-Corrón*. The princess came to the starting line, the gun sounded, and they dashed off!

The princess was a fast runner— but nowhere near so fast as *Corrín-Corrón*. He soon arrived at the distant mountain that was the halfway point of the race and started back. When he saw how far ahead he was, he thought he would sit down and rest. Then he noticed a shady bush nearby, so he stretched out in the shade. And he fell asleep!

While he was sleeping, the princess came running along. When she saw him, she crept over and took off his shoes. She picked some sharp thorns from the bush and put them by his bare feet. Then she ran on.

Tres días más tarde llegaron al reino lejano. Pero se enteraron de que el rey era muy celoso y no quería que nadie se casara con su hija. Si se presentaba un pretendiente, tenía que superar unas pruebas muy difíciles.

Para comenzar, tenía que correr una carrera contra la princesa. Ella era muy veloz y si el hombre perdía, el rey le mochaba los pies. ¡Doscientos hombres ya habían perdido los pies!

Pero el príncipe fue al rey y le dijo: —La carrera no me preocupa para nada. Va a ser tan fácil que dejo que mi sirviente corra en mi lugar.

El rey le dijo: —¿Estás seguro? Mi hija corre muy rápido.

El príncipe hizo un gesto de despreocupación: —Yo no tengo ni la menor duda. Mi sirviente correrá en mi lugar.

A la mañana siguiente puedes adivinar quién se presentó en la línea de salida: ¡Corrín-Corrón! La princesa se acercó a la línea, sonó el pistolazo y los dos se echaron a correr.

La princesa sí corría rápido, pero mucho menos rápido que Corrín-Corrón. Éste llegó pronto a la montaña lejana que marcaba la mitad de la carrera y se volvió para comenzar el regreso. Cuando vio la gran ventaja que llevaba pensó sentarse a descansar un rato. Luego notó una mata que daba sombra y se tendió en la sombra. ¡Y se durmió!

Mientras dormía, la princesa llegó corriendo. Cuando lo vio se le acercó sin ruido y le quitó los zapatos. Tomó unas espinas de la mata y las puso junto a sus pies descalzos. Luego se fue corriendo.

But *Escuchín-Escuchón* was listening. He heard *Corrín-Corrón* snoring. So he went and told the shooter—*Tirín-Tirón*. *Tirín-Tirón* climbed a tree and looked out across the valley. He saw *Corrín-Corrón* asleep, and he aimed his rifle carefully. Pow! He shot the very tip of the runner's ear and woke him up.

Corrín-Corrón jumped up—and he stepped right on the thorns. He danced around howling and holding his foot. But *Tirín-Tirón* just shot some more—pow! pow! pow!—and he shot the thorns right out of his foot!

Corrín-Corrón ran on. He crossed the finish line just ahead of the princess.

The king said, "Well, that was the first test. Here is the second: You will have to guess the one very strange thing my daughter has about her person. If you can do that, you may marry her. But if you fail, it will cost you your life!"

The prince walked off muttering to himself, "What can it be? Maybe she has six toes on her feet. Maybe she has a birthmark on her shoulder. What can it be?"

And the princess was also unhappy, because she had taken a liking to the prince. She was beginning to wish that she might marry him. That evening she said to her servant, "I'm so sad! My father says the prince has to guess the strange thing I have about me. No one could ever guess that!"

The servant said, "Oh, no! You mean he has to guess that you have...." And she said what it was. And who should be listening but *Escuchín-Escuchón*!

The next morning the prince appeared before the king. First he tried all the other things you might guess. He said, "I think the princess has six toes on her right foot."

❄ Pero Escuchín-Escuchón estaba escuchando. Oyó roncar a Corrín-Corrón y fue a avisar a Tirín-Tirón. Tirín-Tirón subió un árbol y miró a través del valle. Vio a Corrín-Corrón allá dormido y apuntó su rifle con cuidado. *¡Zaz!* Dio a Corrín-Corrón en la orilla de la oreja y lo despertó.

Corrín-Corrón se levantó de un salto y pisó las espinas. Daba brincos aullando y agarrándose del pie. Pero Tirín-Tirón siguió tirando —*¡zaz! ¡zaz! ¡zaz!*— y a tiros se le quitó las espinas del pie.

Corrín-Corrón se fue corriendo. Alcanzó la meta poquitito antes que la princesa.

Dijo el rey: —Esa fue la primera prueba. Ésta es la segunda: Tienes que adivinar la cosa rara que mi hija tiene en su persona. Si lo logras, puedes casarte con ella. Pero si fallas, ¡te costará la vida!

El príncipe se fue murmurando para sí: —¿Qué puede ser? A lo mejor tiene seis dedos en cada pie. O quizás tenga un lunar en el hombro. ¿Qué puede ser?

Y la princesa también estaba triste, pues el príncipe le caía bien. Había comenzado a ilusionarse con un matrimonio. Aquella tarde le dijo a su sirvienta: —¡Qué triste estoy! Mi padre dice que el príncipe tiene que adivinar la cosa rara que yo tengo en mi persona. Nadie podría hacer eso.

La sirvienta dijo: —¡Oh, no! ¿Quieres decir que él tiene que adivinar que tienes...? —Y dijo lo que era. Y ¡quién más estaba escuchando que Escuchín-Escuchón!

A la otra mañana el príncipe se presentó ante el rey. Primero mencionó todas las cosas que se te podrían ocurrir. Dijo: —Creo que la princesa tiene seis dedos en el pie derecho.

The king laughed. "Ha-ha-ha! Six toes? No!"

"Does she have a tattoo on her left elbow?!"

"A tattoo? Ho-ho-ho-ho!"

Then the prince said what *Escuchín-Escuchón* had heard: "The princess has a long hair growing out of the middle of her belly. It winds around and around her waist ten times! Then it coils up like a rose in the middle of her back!"

The king gasped, "How did you know that?"

And the princess also gasped. But there was a smile in her eye, because that's exactly what she wanted to hear.

Still the king didn't want to lose his daughter. He begged, "Please, don't take my daughter. I'll give you anything. I'll give you all the gold you can carry!"

The prince smiled. "Will you give me all the gold my servant can carry?"

"I'll give you all the gold anyone can carry!"

So the Prince went and talked to the strongman—*Carguín-Cargón*. He told him to make a big sack out of leather.

When the sack was finished, servants started carrying gold from the king's treasury and dumping it into the sack. A hundred servants brought all the gold they could carry, but *Carguín-Cargón* picked up the sack and spun it around his head. He laughed, "I think it's still empty. I don't feel anything in there!"

A hundred more servants brought all the gold they could carry. *Carguín-Cargón* smiled. "It's still so light! Don't you have any more?"

All the gold in the kingdom went into the sack.

El rey se rió: —¡Ja-ja-ja! ¿Seis dedos? ¡No!

—¿Tiene un tatuaje en el codo izquierdo?

—¿Un tatuaje? ¡Ja-ja-ja-ja!

Luego el príncipe dijo lo que había oído Escuchín-Escuchón: —La princesa tiene un pelo larguísimo que le sale del ombligo. Le da diez vueltas a la cintura y luego hace rizos en forma de una rosa en la mitad de la espalda.

El rey tragó aire: —¿Cómo sabías eso?

La princesa también boqueó. Pero le brillaban los ojos, porque eso fue justamente lo que esperaba oír.

Todavía el rey no quería perder a su hija. Rogó: —Por favor, no te lleves a mi hija. Te doy lo que tú quieras. Te doy todo el oro con que puedas cargar.

El príncipe sonrió. Preguntó: —¿Me da todo el oro que pueda llevar mi sirviente?

—Te doy todo el oro que pueda llevar cualquiera.

Así que el príncipe fue y habló con Carguín-Cargón. Le dijo que hiciera una gran bolsa de cuero.

Cuando el saco estaba hecho, los sirvientes comenzaron a traer oro de la tesorería del rey y a vaciarlo en la bolsa. Cien sirvientes trajeron todo el oro que pudieron, pero Carguín-Cargón tomó el saco e hizo vueltas con él alrededor de la cabeza. Se rió: —Creo que está vacío todavía. No siento ningún peso en el saco.

Otros cien sirvientes trajeron todo el oro que pudieron. Carguín-Cargón se sonrió—. Todavía pesa muy poco. ¿No tienen más?

Todo el oro del reino fue a parar en la bolsa.

The only gold left was the king's own crown. The king lifted the crown from his head. Then he turned to the prince and said, "Please. Let me keep my crown. You may marry the princess."

So the prince and the princess were married and they returned to his land, where he was now the king! And the princess was the queen. And when the old king died, they became the king and the queen of that land too. So they lived happily for the rest of their lives.

And even though the story doesn't say for sure, I imagine the servants were happy too. Wouldn't you be happy if you could do what they could do?

El único oro que restaba era la propia corona del rey. El rey levantó la corona de la cabeza. Luego se volvió hacia el príncipe y dijo: —Por favor. Déjame quedar con la corona. Te permito casar con la princesa.

Así que el príncipe y la princesa se casaron y regresaron a su tierra, donde él ya era rey y ella era reina. Y cuando se murió el viejo rey, se volvieron rey y reina de la otra tierra también. Así que vivieron felices por el resto de la vida.

Y aunque el cuento no lo dice, me imagino que los sirvientes del príncipe vivieron felices también. ¿No estarías feliz si pudieras hacer lo que podían hacer ellos?

NOTES TO READERS AND STORYTELLERS

These stories are all adaptations of traditional folktales from New Mexico. They are re-tellings for modern readers and listeners, and although I tend to stay closer to the original tale than many writers, I've added to and subtracted from the tradition in creating my version of each tale. I began telling all these stories in the mid-1970s when I discovered the work of the pioneer students of New Mexican folk narrative: Aurelio M. Espinosa, Juan B. Rael and J. Manuel Espinosa. These folklorists recorded the old tales during the first third of the twentieth century, before modernization began to erase the stories from the collective memory of the people. Serious readers should consult *Cuentos españoles de Colorado y Nuevo México* by Juan B. Rael and *Spanish Folk-Tales from New Mexico* by J. Manuel Espinosa. To see how the New Mexican tales derive from the stories of Spain, read *Cuentos populares españoles* by Aurelio M. Espinosa. These books are out of print, but can be found in university libraries or obtained through inter-library loan. A more accessible, bilingual edition of J. Manuel Espinosa's work is *Cuentos de cuanto hay, Tales from Spanish New Mexico* which is edited and translated by me, published by the University of New Mexico Press and available from Cinco Puntos Press.

1. THE DAY IT SNOWED TORTILLAS

This is almost a signature story for me. People associate me with this tale more than with any other, and it's the one story I've developed that is most borrowed by other storytellers. I first heard the outlines of the story from a girl in the fourth grade. Her family came from Mexico, and she told me that her mother told her a story about the day it rained *buñuelos*. Because many of my listeners wouldn't be familiar with *buñuelos,* I decided to turn them into tortillas, which are much better known in the United States. A version occurs in *Cuentos españoles de Colorado y Nuevo México* and I have run across the story from many other Latin American sources—always with *buñuelos,* as my young friend told it. Which spouse is clever and which foolish and talkative changes frequently, probably in response to the attitude of the teller. A similar tale is told in many countries around the world. It seems especially popular in Russia and Eastern Europe. In the Aarne-Thompson Index of Tale Types, it is number 1381.

2. PEDRO AND DIABLO

I once told this story to a group of international students who were participating in an intensive English class at the University of New Mexico. Afterward, a young woman in the class said, "They tell that story in my village in Italy. They say it happened at the little cemetery just outside the town." Stories of a person in the graveyard being mistaken for a ghost or the devil turn up in many cultural contexts. A listener once showed me an issue of *Reader's Digest* in which a brief version of this story appeared. The names of the two rascals—Pedro and Diablo— are my addition. Without them, some listeners didn't see any logic in the mistaken identities of the thieves. I picked up the story from a variety of people around New Mexico. It can also be found in most collections of tales made in the state. Rael has a related story in *Cuentos españoles de Colorado y Nuevo México*. It is type 1791 in the Aarne-Thompson index.

3. Good Advice

The tale of a rather simple young man who squanders his wages on three pieces of advice which turn out to be perfectly suited to situations he encounters shortly thereafter (Aarne-Thompson type 910B) is extremely popular in Spanish-speaking lands. New Mexico is no exception. It appears in all the collections made in the state. A major portion of the book *Entre brujas, pícaros y consejos* by Cuban folklorist María del Carmen Victori Ramos is devoted to versions occurring on the island. In my telling, I retain the archaic verb forms (fueres and vieres) in the first piece of advice because that appears to be the way every traditional teller in New Mexico said it.

4. The Cricket

Tales of a false seer who is able to maintain the deception by lucky coincidence are popular in many cultures (Aarne-Thompson type 1641). Of the tales in this book, this is one most often requested by children. The type can be found in the Grimms' tales and in collections of African-American tales, but this version has some specifically Hispano qualities. In Mexico and the Southwest tales of *los dos compadres*—one poor and the other rich—are very popular. Several versions of this tale can be found in *Cuentos españoles de Colorado y Nuevo México*, and my telling borrows heavily from that source. In Spanish language versions of the story the trickster's nickname always seems to be *el grillo*. There is always some powerful person who is deceived by the false seer's good fortune, but identifying him as the governor of New Mexico is my addition.

5. The Little Ant

This is a classic example of a cumulative tale (Aarne-Thompson type 2030). Whether I tell the story in English or Spanish, I always do the cumulative "run" in Spanish because it's so much more rhythmic than English. I speak the last line tugging at one hand while holding it in place with the other, to the delight of young listeners. The idea that the flea is the ant's cousin is my invention. It's always seemed appropriate because the relationship among cousins is of such importance in Hispanic culture. Among other places, this story appears in Rael's collection and in *Mexican Folktales* by Américo Paredes.

6. THE BEST THIEF

This is one of the first New Mexican tales I ever told—long before I declared myself a storyteller. It first caught my imagination in J. Manuel Espinosa's *Spanish Folk-Tales from New Mexico*. The type (Aarne-Thompson 1525) is common (well known as a Jack tale in Appalachia, for example) and other researchers in New Mexico include it in their collections. I've always been enchanted by the cleverness of the young "thief" and the distinctively New Mexican blend of Old and New World elements—a king and Native American warriors in the same tale.

7. LITTLE GOLD STAR

This tale was extremely popular in traditional New Mexican Hispanic culture. Rael collected a dozen variants and Espinosa found several as well. The story is also found in *Literary Folklore of the Hispanic Southwest* by Aurora White Lea, which is where I first encountered it. When natives of the mountain communities reminisce to me about hearing stories from their grandparents, they always mention *Estrellita de oro* or *Granita de oro*. The story combines the "Cinderella" narrative with the motif of kindness rewarded and ill humor punished. It is type 510 in the Aarne-Thompson index.

8. LA LLORONA

This story differs from the others in this collection in that many people believe it to be true, which makes it a legend rather than a folktale. It will probably come as a surprise to most native New Mexican readers to learn that this story is probably the least traditionally New Mexican one in this collection. The story, or at least the character of La Llorona, is firmly rooted and almost universally known in the state today, but the tale does not seem to have been known in the 1930s and 40s when the major folktale collections were made. My version is largely based on things I heard about La Llorona when I was a boy in Arizona. References to her fell into three categories: 1) vague warnings that she might be about; 2) legendary tales that explain the origin of the crying ghost; and 3) anecdotes of encounters with her. I incorporated all three types in my story. The second section of the story, which tells of a boy who was nearly caught by La Llorona, is an original invention of mine, but I've been telling it for so long that it's been borrowed by other storytellers and many people swear they've heard it as a traditional tale.

9. JUAN CAMISÓN

The story of the valiant little tailor who killed seven with one blow was a favorite of mine when I was a boy. I enjoy how the tale of Juan Camisón resembles and differs from the well-known Grimms' story. I also enjoy the epic laziness of Juan. The examples of how Juan checks to see if the fire is burning by touching the cat's fur and whether it had rained by petting the dog are stock elements and turn up in several tales collected from traditional tellers in the early days. Spanish-speaking children especially enjoy the taunt, *"Juan Camisón, te falta pantalón,"* which is something I added, but is very much in keeping with traditional storytelling style. Brave tailor stories are classified as number 1640 in the Aarne-Thompson index.

10. THE PRINCE

I enjoy the simple structure of this story. It's one of the many, many tales of fantastic helpers (Aarne-Thompson type 513), and the remarkable ability of each helper always determines the challenges the hero will face as the story unfolds. Most children have been introduced to stories of this type—often as *The Five Chinese Brothers*—and I encourage them to invent a new set of helpers and make up their own story based on tasks suited to them. When you tell this story, you'll have fun by saying the names of the helpers in rapid succession. It's also fun to watch the listeners' reaction to the long hair coming out of the princess' belly. Some listeners have seen cultural significance in the final scene in which the king only yields up his daughter when faced with the alternative of sacrificing his crown, but I have to confess that's entirely my invention. For the most part, however, I used a combination of New Mexican tales from Rael and Espinosa to develop my version.

THE TRIALS OF A TITLE

It may be that when you read the Spanish title of this book, you thought, Shouldn't it be *"El día que nevó tortillas?"* If so, you're not the only one who has wondered that. The first time I translated the story (for inclusion in the book *Watch Out for Clever Women! / ¡Cuidado con las mujeres astutas!*) I used the verb form *nevó*, but by the time the book was published I decided that the better form was *nevaron*, and that's how the title appeared in the first edition. However, an editor who read the book, a native speaker of Spanish who had been educated in Latin America, insisted that I had committed an error and that the verb should be changed to *nevó*. It was changed in the second edition, and that was how the title stood until I began preparing the manuscript for the present book. When the publisher showed advance publicity to a variety of Spanish editors, all of them native speakers from Spain or Latin America, a disagreement emerged. Some were certain that I should say *nevaron tortillas*; others were equally convinced the correct expression was *nevó tortillas*. Still others said that both were correct and that I should just do as I pleased. Finally, an editor carried the question to the highest court of arbitration: *La Real Academia de la Lengua Española* (The Royal Academy of the Spanish Language). *We received our answer: La frase que usted propone se redactaría del siguiente modo: El día que nevaron tortillas.* From their data bank, the Academy sent examples of analogous expressions in contemporary writing. And so the book has the title which you see. When you tell the story, however, if it feels better to say *el día que nevó tortillas,* feel perfectly free to do it!